在白云外

就这样慢热地活着

I wish to live deliberately

田禾 / 著

江苏凤凰文艺出版社
JIANGSU PHOENIX LITERATURE AND ART PUBLISHING, LTD

图书在版编目（CIP）数据

就这样慢热地活着 / 田禾著. -- 南京 ： 江苏凤凰文艺出版社，2014

ISBN 978-7-5399-6338-9

Ⅰ. ①就… Ⅱ. ①田… Ⅲ. ①随笔—作品集—中国-当代 Ⅳ. ①I267.1

中国版本图书馆CIP数据核字(2014)第110205号

书　　名　就这样慢热地活着
作　　者　田　禾
出版统筹　黄小初　周亚林
选题策划　崔　佳　冯雪雪
责任编辑　姚　丽
责任监制　刘　巍　江伟明
出版发行　凤凰出版传媒股份有限公司
　　　　　江苏凤凰文艺出版社
出版社地址　南京市中央路165号，邮编：210009
出版社网址　http://www.jswenyi.com
经　　销　凤凰出版传媒股份有限公司
印　　刷　北京同文印刷有限责任公司
开　　本　880×1230毫米 1/32
字　　数　150千字
印　　张　7.75
版　　次　2014年7月第1版　2014年7月第1次印刷
标准书号　ISBN 978-7-5399-6338-9
定　　价　32.00元

（江苏凤凰文艺版图书凡印制、装订错误可随时向承印厂调换）

目　录 contenet

Part One 不想随便以一种基调定格人生

一个人应学会更多地发现和观察自己心灵深处那一闪即过的火花，而不只限于仰观诗人、圣者领空里的光芒。可惜的是，人总不留意自己的思想，不知不觉就把它抛弃了，仅仅因为那是属于他自己的。

像呼吸一样，顺从自己的节奏 Part Two

我们要做的只是让自己在路上，至于路上会碰到什么好玩的事情，就要看老天爷了。

Part Three

大多数人走在易放弃的路上

一个人若能自信地向他梦想的方向行进，努力经营他所想望的生活，他是可以获得通常还意想不到的成功的。

"我们一直在走路。

但是我们走路往往更像是跑步。

当我们那样急匆匆地行走时，我们就是在把焦虑和痛苦印在大地上。

我们必须这样走——只把和平与宁静印在大地上。

倘若我们渴望和平与宁静，那么我们每个人就应该选择后一种方式行走。"

——释一行

序：
就这样 慢热地 活 着

在岁月跋涉中，每个阳光面孔背后都藏有一颗沧桑的心。我们总是容易将身外的世界与内在声音分开，以致于随波逐流地盲目奔跑着、贪求着。

这个季节，整个山上的树木和我的心一样，正层层醒来。街上偶尔还能见到鲜花。但在过往很长的一段时间里，我却感受不到这一切。心被虚妄之物所迷住。

我曾有过癫狂的青春和狂热的人生，也曾和大多数人一样，把物质、金钱、虚荣、名利变成一种自我满足的迷幻药，并孤注一掷地希望着。盲目追求和期盼了很久，幻想的那份光芒和粮食依然没有出现。转眼间，十年疯狂的青春岁月呼啸而过，我已不再年少，却依旧迷茫，虚无缥缈着，心无定所。世俗社会里所有的一切，都在不断地污染着内心。看着逐渐老去的面孔和梦想，面对亲人们的压力和催促，那个曾有着汹涌激情的年轻人正逐步妥协进入现实生活，并对世界逐渐变得冷漠起来。

我不止一次地问自己，还要这样盲目地追逐多久？也许，的确到了让自己慢下来走路，过减法人生，回归简朴生活的时候了。绝境的尽头，不是死亡就是彻底地觉醒。

因此，我决定改变，从微小的自我开始，寻找一条静心之路。

每个人的生命中总有无数扇门，我试图超越此岸，抵达另一扇大门，不让自己再被莫名的负担所绑架，毕竟我们只有一个人生。随之，心向自然。晃荡、旅行、骑车、徒步、修行、喝茶、独处、晒太阳，自觉地从各种生活的束缚中挣脱出来，回归到大自然中去流浪。

这本书的最初产生就源自于这些自然中的流浪时光，掺杂着一份平静的自我反省，以及对俗世中自己的行为审视。音乐人许巍说："最好的艺术就是能让人增长福德和智慧，而不是带来负面的东西。"这是他从一个愤怒摇滚青年回归到低调吟唱后的醒悟。此话一瞬间勾起了我心里的某种化学反应，因为这正是这本书与以往所有创作最大的区别。我们终究要从那个奔跑着的癫狂状态里回归——不再渴求生活上的轰轰烈烈，不再探求外在世界里的新鲜好奇，不再抱着成就大事业的野心，也不再固执地与世界纷争。

只把和平与宁静印在大地上，只躲进自己筑起的那个安静栖息地和生活里的平常，只想就这样慢热地活着。遵从心底的声音，享有独属于自己的节奏和不轻易心动的傲性。但对某些特定的事物，又有着固执而忠诚的热爱。

慢热，并不意味着懒散拖延，也不意味着消极傲慢。它只是一种由外而内的行为理念，是一种随遇而安的生活之道，更是一门不急不躁的入世智慧。它是一种状态，延伸到我们生命中的每一处小细节：工作、爱、走路、微笑、呼吸、欲望等。它让我们总要投入比常人更多的时间才能将心底那股暖流打开。

的确，我们应该睁开崭新的眼睛。

其实，我的写作方式也很慢热，常常要三四年才能磨出一本书。每一个字符都是基于生活的沉淀、时间的渗透、内在思想上的蜕变产物。那些源自于成长的回忆、经验阅历、知识的累积和穿梭在自然山水之中、洗心哲思而成的文字集结过程，感觉像是经历了一场漫长而艰难的觉醒之旅，一次彻底的揭露和自我疗愈。同时产生严重的内在失去，从而让我再次变得精神饥渴。

总之，这本兼具内省与静心的随笔作品，更像一场身体力行的心灵思考。它们如同我的名字“田禾”一样，本身就附带着一种生命气息、田园宁静和自然向往。我依然在生活中和大地上晃悠着。跳出时间和纯物质追求之外，就这样慢热地活着。

田禾　杭州

2014.6

PART ONE

不想
随便
以一种基调
定格
人生

有时，我们渴望不断地逃离熟识的一切，去融入陌生群体。又有时，自己也只是这个时代的陌生人。当你学会独处时，你是一个完整的自己。

——题记

哪个才是本来的自己

不想沦为芸芸众生的人只需做一件事，便是对自己不再懒散；他应听从他良知的呼唤：“成为你自己！”

——尼采

生命总是被束缚着。

我们每个人每一次看似不经意的出行，并不具备真正意义上的单独存在，都是各种因缘聚合而成。可能它让你在心里做了很久的挣扎、筹备、抉择，以及内心故事或情绪经验的累积，导致的出逃之念达到冲动极限时，又契合了个人时间、物质上的充裕等等条件才能达成。

所谓的一场说走就走的旅行，其实是一段很长很长的心理蜕变之史。

我不是一个特别会表达的人，或者说是不太习惯用语言去诉说自己。当我身处繁华都市钢筋混凝土丛林之中，在各种陌生人群和机动车之间穿梭时，身体里无时无刻不在生出无法预知的出逃闪念。那是对现有生活状态和身心的极度厌倦。

谁不想丰满地活着?

人需要提醒自己跳出固有姿态。巴乔曾是一名站在世界足球之巅的球员，当他从绿茵场上走下来时，并没有依赖名声，而是悄悄远离世界足坛，一反常态地在他的家乡安静地过着隐居生活，跳出人们对他的固有印象。他说，那才是他本来的自己。

哪个才是本来的自己?

脑海中闪现着自己过去人生中，曾经决绝地跳出固态的瞬间。

十五岁时，有了第一次离家出走。那年我上初二，长得瘦小而黝黑。暑假我常常独自坐在山头，埋头不语，看着清江河里的船只。内心里幻想着那些船能带自己去远方。每天重复，再一头扎进农田里，汗流浃背，别人都夸我是村里最勤奋的孩子。

缘于贫困和封闭，每天被父母呵斥着到山上去做农活。伴随着身体上的劳累和心理上的绝望，有一天终于忍受不了了，决定离开。于是靠双脚坚毅地从偏远闭塞、没有公路的小村庄走到清江边，然后沿河坐船，花了三天时间才跑到从未去过的小县城。以为那里是真正的彼岸。

那是十五年的空白成长里我第一次看到很多的汽车、楼房，第一次看到外面的人群，也似乎是第一次坐船。在街道上，我忍受着一个孩子真正的慌张、饥饿以及新鲜好奇。

然而，身无分文且又年少无知的我在县城汽车站茫然无措，最后只能选择退缩返回。途中路过一家新华书店，衣衫褴褛的我跑进去瞎逛，发现有两本书自己想要，又没有钱买，于是将它们挟在衣服里试图偷走，不料出门时被店员识破。

我吓得呆若木鸡、满脸苍白，然后在店员的大声责骂中仓皇逃跑，结果被马路上一辆三轮车撞倒在地，差点儿没命。

这给我的人生上了很重要的一课，以致于长时间思索着贫穷、不劳而获和代价。

后来，我扒上一辆巴士坐到了清江码头，对一位船长撒谎说钱包被偷了，欺骗着他的善良，请求他解救我。我也的确无路可走，只能撒谎。好心的船长将我收留。晚上他出去打牌，让我独自在他房间睡觉，我看到抽屉里有很多钱。某一瞬间，贫穷的心里又涌起过诱惑，但最终控制住了自己，没有打破那个善举。

这个细节我印象深刻，也庆幸那颗罪恶的种子终究没有发芽。

次日他安排我免费坐船回家。多年以后，每当我路过那个码头，总会想起曾帮助过我的好心船长，以及那个年少出逃而又未遂的故事。也许，那颗永远渴望远方的心正是从那里有了第一次起航。

十五岁出逃没能成功，但人很难脱离欲念而存在。从少年时起，我就注定是一个无法安于现状的人。每时都在为奔赴一个不一样的自己而准备着，每时都有一颗渴望远方的闪念之心。

十六岁时，我终于光明正大而彻底地离开了家。

那天，天不亮我就出发，背着一个破背包，怀揣着父母四处奔走借来的学费和村里所有人满满的期望，去了一个对他们来说很遥远的小城市继续求学。母亲送我走了很远很远的泥巴山路。分别时，她笨拙而又有序地从穿在最里层的衣服口袋里，扯出一叠经过层层包裹的私房钱强塞在我手里。一直到车启动，她都没有说话，只是流着热泪沿公路一直追赶着大巴车跑了很久很久……我看着她那时还算年轻的身影从车后窗慢慢变小。然后我又坚定地转过头，随着大巴车一起走出了大山。

从此，我的生活轨迹发生了无法预知的变化。

一直到现在，这个画面还时常浮现在脑海中。每当我脆弱无助或遇到挫折时，总拿它来激励自己内心的那个勇者。而当年那个年轻的母亲，早已年过六旬。她常常默默地张望着村口。

我们的每一次逃离、每一次颠覆，是源于想让自己过得更好，这是每个人甚至每种动物都具有的天性。的确，我们应该更多地遵从本来的自己。

现实中，我显得较为内向、被动和自卑。但在特定的群体或时刻，又常常表现出超过常人的狂热主动和自信奔放。这是我身体里的两面性——漂于现实之外的自然随性和躲藏在现实阴暗处的自知之明，两者之间的碰撞。常常不知道哪个是胜利者。

“我们最先衰老的从来不是容貌，而是那份不顾一切的闯劲。”在国企里的两年工作经历，囚禁着我的思维和求新意识，让我变得钝锈而无求。在体制这个舞台上，我的缺点显露无遗，始终不能变成一个圆滑而世俗的人。

当我每天封闭在枯燥而充满心机斗争的办公室里烧心，躲避在一台电脑后面观瞻着这个世界并膨胀自己的物质欲望时，那些惰性、安逸、平凡、静止、热闹又周而复始的生活，让我失去了感知世界的力量。所谓的“身未动，心已远”只不过是一堆赘肉增长过后的自我安慰和懦弱渴望。

可，这是本来的自己吗?

印度心灵大师克里希那穆提说过类似的言论：“如果我们满足于赚钱养家糊口，那么我们就看不到生命本身。我们的生命伟大而神秘，内部运行得像一个庞大的国家，它的深度和广度令人惊诧。”

所以，我必须对自己的生活做一次彻底的颠覆，诞生出离之心，以触醒我找到继续前进下去的动力。于是，睁开崭新的眼睛，抛弃掉旧有的自己，搁浅工作，开始了一场没有线路和目的的行走。

那是对内心从未厌倦的追逐。

朝西，是每一个众生心灵向往和追随的境地，我也不例外。在那里，将出离人类的生、老、病、死、爱离别等痛苦，进入一个不生不灭的无量极乐世界。哪怕是地理意识上的向西，也是我不曾熄灭的念想。

每走一步路都受时间所控

我们的头脑是一块海绵；我们的心是一道溪流。然而我们大多宁愿吸收而不肯奔流，这不是很奇怪吗？

——纪伯伦

世界上只有一个我，也只有一个你。所以，每个人都是唯一而独特的。我们要做自己，顺着自己的感知而行。我们活着，就是每个时刻都做自己的事，体验生命中的一切不可思议之物。只有一个人生，要与灵魂私奔。

是的，生命苦短，我要抓紧时间去做自己的事。

当我踏上旅程，并没有渴求自己能走得多高多远。只是循着内心自然的意愿，为了找回那个愿意面对自己内心的勇者，洗掉厚厚的旧心尘。或者说，至少应让自己的心能有独处、宁静片刻的机会。

行走计划开始了。随意买了一张火车票，第一站从杭州到湖南怀化。打算先在湘西找个安静的角落待上几天，沿途看看那里的土家族群落，以及凤凰、张家界等地。平时，每当别人知道我是土家族人时，总会第一反应地问我是不是湘西人。其实我不是。但我的家乡鄂西南与湘西在地理上紧紧相连，是同一片土地，也是同一种文化起源。

土家族爱群居，他们对自然有着虔诚的崇拜，认为万物皆有神。太阳、月亮、岩洞、高山、大树等等全具有神性。

在准备出发之前，我得花半天时间去浇灌家里那些植物和花草，但是待我再次回来时，它们可能早已因缺水而死掉了。平时自己爱护的东西，令人徒生了一份心的牵扯，从这一方面来看是对自己的一种束缚或麻烦。

如果我们真的想做一个来去自由的人，就要抛弃自己所拥有的一切。只不过现实中我们往往走了相反的方向，总以为拥有越多越自由，于是拼命去争取，膨胀自己的欲望，一直到死时还背负着那些东西不肯放下。

照顾好家里的花草，我挤上了那列向西行进的火车。

这是又一次逃离。

由于票源紧张，只买到一张硬座票，靠近门口的最后一个尾座。进出这节车厢的每一个旅客都要从我的眼皮底下走过。我喜欢这种观察。挤在嘈杂而充满异味的车厢里，对我来说再熟悉不过。似乎在我更年轻时，常常漂泊于全国各个城市，经常靠逃票或拿张站票混上车，然后垫张报纸蜷缩在过道某个空处，或是躲在餐车睡觉，直到乘务员大声开骂也厚着脸皮不愿离开。

那时，拥有一个座位都是一种奢望。

所以，火车旅行，在我的概念里并没有城市文艺青年们描述的那么浪漫，更多的是一种逼不得已的选择。因此，我是一个喜欢铁轨多过喜欢火车的人。而被人们赋予无数意象的绿皮车厢，却是我那些年路途经历中最恨的痛。它集肮脏、慢、拥挤、人杂、不准时、破旧于一身。

从出发时起，火车就一路晚点。车厢里各种抱怨声不断。

人们似乎都很忙，从他们的脸上看不到快乐。年轻的列车员在奋力推广他们的商品；坐我旁边的一个男人在电话里大声谈着生意；还有人在打纸牌。正对面一对四川口音的母女一路争吵，涉及养老、居所、婚姻、经济收入等，我被迫旁听。她们的矛盾其实很简单，彼此都希望对方好，但并不知道对方需要什么，以自己的标准一味地给予。

想起一位上师所说："真正的奉献，是能随时观察到对方需要什么，再给予。"不是每一种植物都需要相同的阳光，也不是每一个人都热爱相同的事物。

各种声音传入耳朵，只能任由这份干扰侵袭着我。双腿也被上下车旅客的行李包或卖东西的推车碰来碰去，身心实在无法安宁。

火车进入湖南境内，我毫无预兆地在株洲站提前下车了。当然，我也不喜欢太周全的计划。

此时已接近午夜，我投奔了株洲晚报一个记者朋友的住处。那是我多年前就结识的一个文学青年，虽然经常要三五年才能见面一次，但彼此交往并没有过多地客套，这是我们对青春稚嫩期相识的一种特殊信任。

他也曾写作，漂于广州、长沙做过图书出版人。怀才不遇，迫于生存压力最后选择了叶落归根，回归小城市生活。在我们贫困地坚持着青春理想时，曾毫无羞怯地得到过对方的帮助，甚至在他还未大学毕业时，就曾坐很长时间的火车去武汉找我，然后我们在迷醉后的黑夜中一起喊着尹吾的歌。

那时，我们的青春总显得有些悲情、落魄。

后来，每当我带着各种乐队或音乐人巡演到长沙时，无论多忙他总会默默地赶赴过来与我们相聚。只是现在也隐入各自的生活中，甚少能遇见。

他租住在一个很破烂的地方。房间里还放着一把吉他，虽然他并不会弹。或许这是他难得的一份生活情调。随着时间的蜕变，他已经成了一个懂得知足的人，心甘情愿埋入平凡的生活中。

放好东西在他房间，尽管已凌晨，我们依然直奔他住处外一家饭馆，点了一个辣辣的火锅。整个湖南，最迷恋我的一直是湘菜的味道。所以每次到湖南，总会大吃几顿，特别是在江浙一带生活久了，对于正宗湘味的怀念是无比饥渴的。

次日，我决定继续向西，可是只买到了三天后到昆明的火车票。这意味着我必须在株洲滞留三天。三天太漫长，我选择坐上了一趟最快出发去长沙的大巴。长沙是我熟悉的地方，街头都留有我青春期的声音。

一个小时后到达长沙，直奔从网上搜到的河西一个青年旅馆。

那也许是我此生住过的最小房间了。整个下午，我就在那间小小的房间里阅读那本关于美食哲学的书，无处可去，也享受这份静处。然后趴在旅馆白色的床单上写作，记录在一些白色的纸片上。

在旅馆待到临近黄昏，然后走到湘江边，一直坐着发呆。待整个城市霓虹灯亮起时，我沿着大桥走到了太平街。

夜晚的太平街让人有一丝的迷醉感。

就着一首悲情的音乐，想起长沙曾经有一位理想主义乐手在太平街开了家独立小书店，并且他当时还刻意找我要了几本签名版图书售卖。于是我首先就想去找找那家书店。逛了几圈，没有发现，后得知早已倒闭。当然我那些书也不值一提，年轻时过于形式感的荷尔蒙产物。那时，我是一个关注社会表象多过关注内心的写作者。

人总在不断地丰富自己并堆积成长经验，也不断地抛弃旧有的、不成熟的认知，以至于最终形成属于自己的、牢固的个人哲学观和价值观。

世界上的万事万物每一刻都在发生变化，人亦如此。路过几家唱片店，随意进去逛了逛，没有发现属于这个城市的声音。现在，这座娱乐之都的人们真的只信仰芒果台和金钱了吗?

逛完太平街，我在一个咖啡馆坐到很晚，偶然得知河西的46livehouse有后摇乐队的演出。后摇一直是我喜欢的音乐风格，立马奔赴过去。可是等我赶到现场时，演出已结束。不免有些忧伤，每天总在无形的时间中错过了我想要的追逐。

回到旅馆时又是凌晨。洗漱休息。

终于实现了一次忘掉时间，睡到自然醒。第二天从旅馆出来时已近中午，我拖着简单的行囊一路晃晃悠悠，显得与街上忙碌的人们格格不入。没人认识我，我可以自由自在地做想做的事。

很多时候，我是一个较被动的人。

一个长沙本地朋友联系上我，在她的带领下一起去逛酒吧一条街。白天的酒吧一条街全关闭着大门，狭窄的小巷子显得格外安静，能清楚地听到自己的脚步声。

我在那些较具格调的门前拍照，想象着巷子里夜晚时的吵闹场景，以及发生在这里的男欢女爱。也许，我们不会想到，任何事物都有它的两面性。一个夜晚那么吵闹的地方在白天也会如此寂静。人们喜欢以眼睛看到的某一面去定义事物，所以常常产生错误的认知，那不是准确的整体，眼睛也有其局限性。

同时我们无法掌控的还有对于时间的定义。

酒吧一条街很快就逛完了，那位长沙朋友说，她最喜欢的一个酒吧歌手就在那里驻唱，只因为他会弹唱她喜欢的几首民谣，这让她迷恋。隔一段时间会偷偷跑来坐在台下听他唱歌。

从她的话语间，隐隐感觉到她是爱上了他。

也或许她爱上的是那种对梦想的执着，是对已逝青春的无可捉摸，是对自己在生活中碌碌无为后的一种曙光渴求。我知道她一直热切地梦想成为一名舞蹈家，经常凌晨两点还在练舞，甚至为了舞蹈断过几根肋骨。而在现实中，只能一步一步妥协着自己最后的坚持和底限。

时间总是跑得非常快。

接近晚上的时候，株洲晚报那位朋友也跑来长沙，约我去“熬吧文化会所”参加一个饭局，说是与北京的几个媒体同行以及网络名人慕容雪村等，他们正好在长沙举办一个文化讲座。熬吧是长沙的一家读书沙龙会所，不定期地举行各种主题讲座或作家见面会。

我总是自闭着不想见人，特别是名人，懒得一大圈人相互寒暄，不自在。依旧借故推掉了，然后自己跑到一个大厦餐厅里吃了辣辣的湘菜。我喜欢一个人独立而陌生的行事风格。

待他们饭局结束，报社的那位朋友还是一再电话催促我过去彼此见个面。我不好再推辞，于是硬着头皮跑了过去。然后加入了他们一桌人的喝茶和座谈。同座的除了曾因网络写作而大红的慕容雪村老师，还有株洲一个杂志主编、北京一位文化媒体记者以及熬吧读书活动负责人等。我做了一个安静的旁听者。

喝茶聊天的状态大约持续了两个小时，我们离开长沙，包了个车在黑夜里奔回株洲。在一路南下的黑暗路途中，我一直在想，如何才能抓紧时间，又如何才能逃脱时间呢？匆匆的时间追逐，让我们每走一步路都被时间所控。

火车、人以及开往远方的路途

大多数人在安静的绝望中生活，当他们进入坟墓时，他们的歌还没有唱出来。

——梭罗

夜晚赶到株洲，某个五楼的咖啡馆里，一场由当地年轻人举行的民谣弹唱会正接近尾声。几个学生模样的歌手在舞台上演唱。没有好的音响设备、没有完整的舞台、没有专业的音乐背景，这都不重要。重要的是他们正在追随自己想要的生活方式，正在用他们的方式表达自己。

这样的一场活动几乎能聚集着这座小城市所有不甘寂寞的青

年。他们每周五相聚一堂，弹琴唱歌，然后去湘江边畅谈稚嫩的理想，勾引纯真的爱情，疯狂地消费着青春构思。从他们身上，仿佛看到了自己十年前的很多影子，以及呼啸而过的青春。

但不必留恋时间，我们要尊重生命的有序流逝和无常。次日，我踏上了开往云南的火车。

火车刚跑过郊区一片绿色的田野，脑中反复想起的是在西湖边听到一个流浪歌手弹唱的那首《火车开往远方的城市》："火车开往远方的城市，一路重拾青春的歌声；发黄的铁轨，卸下了重担……等我们老去，带上木吉他，回到自由简单的时光。不知不觉走了多少年，不知不觉迷失在远方……"

歌词记述的一如我此刻的心情。后来获悉，那个流浪歌手也离开了杭州，带着他的吉他和音箱以及一辆电动机和那份疲惫的心，回到了远在广西的村庄，消失在游客的视野中。

我们都走在飘摇不定的路上。也许人生在世，无论是流浪歌手还是街头一名清洁工，每个人都在寻求改变，都在尝试到底用什么才能填满自己的未来。

有些旅途，只适合一个人的孤独。孤独是人生的本质，也是生命的真相。在株洲时我就放弃了去湘西，选择了直接奔向昆明。

深夜，火车路过湘西时，穿过一个又一个山洞。我躲在黑暗中的卧铺上，感官格外敏感，无法在火车的前进中安住身心。

从湖南到昆明20多个小时的旅途，我一直没有入睡，就那样躺着，回想着自己这么多年的漂泊生活——仿佛一棵并不坚定的小树，脱离大片森林抵抗着狂风，只为寻求一点单独的阳光，同时又还没有坚固的根基。一边与自然做着斗争，一边又要努力战胜自己，以让枝节繁茂，叶子变得更绿。

火车呼呼地带着我向前，可是，我们还有回头路可走吗?

从我们脱离母体时开始，就一路在跌倒中摸索经验、积累习气，在迷茫和难以预料中向前冲去。哪怕前方的路沟壑密布悬崖丛生，让自己撞得头破血流，也找不到可以回头的突破口。当然，一切都是自己的选择。我们所有的痛苦、喜乐都是自己若干选择后的累积结果。

或许火车旅行最直接的好处，就是能给自己一大片空白的沉静。当自己在车上被逼得无聊到需要数呼吸声来打发时间时，我们也许会停下来，观察一下自己的内心和反省一切过往行为。由此，我们也多了一个改变心性的潜在机会。

合理地认知到自己的缺陷和阴暗面，才是让心转向圆满的前提条件。

天亮时，火车还远远没有到站。车厢里的人们都显得很急躁，早早地洗漱、收拾好东西，随时做着欲逃状，仿佛要去争抢第一束光，抑或是出站口有一大堆黄金在等着他们。

我从床上翻了个身，将头探了出来。突然被一个中年妇女的惊叫声吸引。只见她趴在车窗上，对着外面的景色高呼："快看，好多的山，山上全是各种漂亮的房子。"

整个火车上只有她在欣赏窗外的美景。

而她的惊叫声也迅速被埋没在他人的忙碌之中，没有人理睬。这似乎并没有影响她的雅情。我顺着她指的方向看了一眼，然后她对我报以礼貌性的一笑。

这时我出于好奇，打量了下她全身。只见她衣着素净地坐在自己铺位上，静观着窗外，面前的小平台上放着一个普通茶杯和一本书。她的这份恬静与隔壁铺位上五个叽叽喳喳在化妆的女人形成鲜明对比。我对她更好感了起来，她应是一个心静而热爱大自然的人，又有着淡然而富态的知足。可是当我的目光再往下移时，心刹那抽搐了一下。她竟然没有双腿……这时我才注意到她旁边静静躺着的一对拐杖。

是那个民谣歌手小娟吗?

但转瞬一想，肯定不是。只是她们有着共同的那份脱世的恬静与朴素气质。

主动和她打了个招呼。

可耻的是，我心里抱着的还是一份好奇和同情心。怎么也无法将她乐观、淡定的面容和她残疾的身体联系起来。

她礼貌地回敬了我一个招呼，并开始亲切地问候起我来。这让我们的交谈很快变得顺其自然。原来她是台湾人，每年这个季节她都会来云南，探望她资助的两个贫困山区孩子。她说：“他们太需要帮助了，如果我们不对他们伸出援手，他们就将失学，然后一辈子在山区走不出去，又继续他们父辈的生活。”

德兰修女说过，我们都不是伟大的人，但我们可以用善良的心去做生活中每一件平凡的事。

她起身从一个袋子里拿出包茶叶，一边泡茶，一边对我说她因为并不急于赶时间，所以每年都会选择坐这趟从上海开往昆明的列车，看看沿路风景，当是一次清心旅行。

这时阳光从窗外照射进来打在她脸上。车厢里的广播正在播报关于列车晚点的消息，引来那些早已收拾好行李急着出逃的旅客一阵阵的谩骂。我和她都不是急性的人，干脆安心坐下来聊天。心想多认识一个人，也多一份对世界的了解。她问我这次出来主要是做什么，我说随便走走，没有具体目的。其实，我真的是盲目地行走。

我担心触碰到她的心理敏感，并不敢多问关于她的身世。但她是开阔的，也一定是个有故事的人。只不过她的故事隐在了岁月的脸上，让她懂得了从大自然细微之处感受快乐。

火车进入昆明站，她还满脸微笑地说："其实我失去双腿，是上帝不想让我再劳累着赶路。那我就应听从它的旨意，做一个享福的人……"

下车时，我帮她拿着行李走出站台，告别。

我们常常因为一些小小的失去、挫折而沮丧、愤怒、退败。其实世界总会给你打开一扇新的窗。

离开旧有群体，我们独自流浪

人 生 只 有 两 种 选 择 ， 要 么 庸 俗 ， 要 么 孤 独 。

—— 叔本华

到达昆明，这座城市让我联想到的是一个老诗人、一支怪异的乐队和一个消失十年的青春期兄弟。

火车站广场异常热闹。我没有在火车站附近直接坐车离开，而是背着双肩包先随意地顺着各种不知名的马路散步，感受下这个城市的气息。穿过陌生人群，一条条地穿梭，努力寻找幻想中的春城模样，那应是一个种满鲜花和植物、略显文艺和小清新的城市。

九月的阳光还很强烈。

走了很久，发现自己热爱的是昆明的土豆，它们叫洋芋。和我小时老家一样的名字、一样的口味。每路过一个卖土豆的摊点，都恨不得买上一盒，然后浇上厚厚的辣椒饱食一顿。在这个城市，鲜花和植物没有寻到，却意外地寻找到了童年的味道。

那位消失了十年的青春兄弟，还记得那七个土豆吗?

他是昆明人，也可以说是个昆明诗人。因为他的行为像诗。

十年前，我们都在武汉上大学，那时我们还都留着一头长发，习惯于我行我素、独来独往，是校园的另类。我们脱离寝室，在校外一些小巷子里租住农民房。有时他住南门，我住东门；有时他住东门，我住南门。总之，那几年都没能逃出学校周边那个圈，终日游荡于周边城中村混迹青春。

有一段时间我们甚至幻想把那些城中村发展成“格林尼治”艺术村。

他疯狂地热爱诗歌、电影、酒精，受法国新浪潮电影和美国垮掉派文化影响较深。有很多女孩子追他，常常会有人将鲜花送到他租住的楼下，或是在他回屋的某个巷口堵他。他几乎不上课，唯一与学校的联系就是他担任电影协会会长，要主持一些与电影相关的活动或讲座，放一些先锋电影。

因此，他昼伏夜出，整日躲在出租屋里看电影、喝酒、拍DV、拒绝姑娘。而我那时也一样，写小说、玩乐队、淘打口、看演出、穷困潦倒。

记得差不多有两年的时间，我们每个夜晚都在南门或虎泉的某个夜市摊上谈论理想。又常常凌晨提着两个酒瓶去逛校园，甚至半夜在雨中踢足球，然后和干扰我们的保安打架。毫无疑问，他是那个阶段陪伴我最多的青春兄弟。突然有一天，他站在七楼的阳台，给我发来一条现实而又诗意的短信："我穷得只有七个土豆了。"

其实，我比他更少，常常穷得只有两个土豆。

再后来没过多久，他在没有任何征兆的情况下突然退学离开了武汉。那年他大四，离毕业只有一个学期，人们都替他惋惜。

某天，他们系主任把我约去谈话，说可能是我的行为影响了他，弄得我满身的自责。可是回头一想，我有这么大影响吗？我们只不过是喜欢同一种理想同一种生活方式而已。终其一生，我们每个人的路只能由自己负责。

他迅速而隐秘地离开，出租屋里还留下一堆空空的啤酒瓶和几箱子书，像自我导演的一场行为艺术。我从其中挑出一本《达达主义》收藏。再也没有见过面，从此失去了彼此的消息。

《无量寿经》中说：“人在爱欲之中，独生独死，独去独来，苦乐自当，无有代者。”

生活中，每个人都在不断地朝着自己的方向，也在不断地离开旧有的群体。

已经将近十年过去了，在我到达昆明之前，曾试图找他，但后来还是放弃了。同一个太阳底下，有那么多的人出生、离去，同一辆火车上，有那么多的人上车、下车，我们不可能一直同行。

更何况十年的时间，早已改变了彼此。我们都不再是过去那个人。他，也可能早就忘掉了我，以及那段垮掉的青春。

总之，世界上的所有事物在做着无常变迁，每一刻都是崭新的，不必执着于过去。

昆明最好的地方在于它的太阳。每月晴天平均在20天左右，日照230小时以上，常年阳光闪耀。这是独属于这个城市的特别之处。

我找了一家酒店，在昆明共住了三天。

无论走到哪里，我似乎并不太像一个游客，因为我对所有的景点都没有太多的兴趣，也懒得拿出相机去拍照留念，只是随性地到处走走。去了微博上一个本地女孩推荐的云南大学和资深音乐DJ曾克所介绍的文化巷。三天的时间，进咖啡馆成了阅读之外的唯一消遣。

酒店房间很大，条件较好，住着比较舒服，这引起了我的懒惰心。

白天拉开窗帘，太阳直直地射在房间里的植物上，照亮每片叶子和泥土。有时，我会盯着那些绿色的叶片发呆，观察它们生长的茎脉细节，一直延伸到叶尖。它们散发出的清香也如茶叶一样，毕竟它们都是树叶，有着相同的本质。

只是人们赋予了它们不同的定义和想象。

晚上，一个人面对着偌大的房间，总是害怕那些黑暗角落或不可知的地方，幻想着会不会陡然跳出一个恐惧之物出来。于是整夜整夜将灯开着，试图让一切都能光明地显现在眼前，减少对不可知之处的猜测，甚至是自己恐吓自己。

我不明白这些念头从哪里产生。也许源于我对下一刻不确定性的恐惧，也许源于不想承认的懦弱。

随着晃悠之愿，下一站，打算去大理。

就在我准备离开昆明，收拾完行李退房时，看到走廊里到处放着的花束，脑中突生一个奇怪的念头：去当一个养蜂人。

用一辆大卡车带上所有家当和几十桶蜜蜂，走一个地方住上几个月，然后又奔赴下一站开启新的短暂生活。永远追逐着花季，永远充满下一站的希望。山区、平原、丘陵，热带、亚热带，天南海北地漂，做大自然的流浪者。融入每一个地方群体，最后又陌生地离开。

全世界每一寸土地都是家，每一朵花都是粮食。在离太阳最近的地方，感受它的光芒万丈。同时，培养人性的豁达与贴近大地。

父亲也常说，他老了坚决不跟随我来城市里生活，而是独自去放羊。在老家那大片的后山上，有几百亩地的森林，那是他生活了一辈子的地方，他像一位哲学家一样忠诚地守护着他的土地，并忠爱那里。

他在那片土地上经历自己的人生。而我，总是企图脱离生活。

每个人的一生，只能由自己去独自体验和完成，是自己生命之旅的撑船者。是的，“人在爱欲之中，独生独死，独去独来，苦乐自当，无有代者。”

行走及其所遇到的，略显苍凉

我本可以容忍黑暗，如果我不曾见过太阳，然而阳光已使我的荒凉，成为更新的荒凉。

——狄金森

他们夸张而戏谑地说，世界上最慢的火车是从昆明到大理的。

整整一夜的时间，我从昆明到达了大理。由于提前没有计划，出站时还有些茫然。幸好我将自己武装得很好，帽子、墨镜、耳机等，没人会注意到我的慌张。

简单地吃过早餐，住进了一家很普通的旅馆。我知道大理古城有很多青年旅馆，但有时想刻意避开每天陷入同一种体验。在旅馆洗了个澡，出发去古城，在当地人指引下跳上了8路公交车。

车上，我犹豫着要不要和一个在大理开咖啡店的傣族朋友联系，此前她一直跟我说，来大理她给我当导游，或者是把她的车借我独自自驾着去玩。不过我始终有些害怕见人，也害怕给别人添麻烦，还是放弃了。

一路都在放弃别人的约请以及主动邀约他人。没有什么比一个人更独立自在，好像真的除了孤独，自己一无所有。也没有什么真正算得上朋友的人，甚至可以随时在这个世界上缺席。

我一直喜欢一个人旅行，把自己置于一个完全陌生的地方，渴望热闹时可以随时融入一个纯粹陌生的群体，来去自如。

大理，坐落在海拔4000米的苍山脚下，旁边是洱海。洱海其实并不是海，而是中国的一个内陆大湖。

大理的天空很蓝，清澈的云朵飘浮在山脉和头顶之间，让人更近层次地感觉到“唯我独尊”。只是一切并不像传说中的那么寂静。当整排整排的白族人居所那白洁的墙壁立于眼前时，我不自觉地低下头察看自己全身，想要去清洗自己，誓做一个透明洁净的人。

在白族民居代表景点张家花园参观时，路遇两个外国背包客请我拍照，于是结识。然后一路来到了古城东门，门口不停地有旅客拍照，与装扮成猪八戒的小丑们合影。我对此无感，外国朋友却非常感兴趣，他们觉得这才是具有中国标志性的文化。接着我们爬上插满旗子的古城墙，俯瞰整个大理城，碰到一些在此写生的画者。

站在城墙上，此刻心里联想到的却是几千公里之外的荆州。正是在这个城市，我经历了三年最年轻的求学岁月。那时，我从一个农村小孩，突然要融入一个城市群体之中，巨大的现实落差感徒增着我的自卑和孤僻。直到三年后离开那个地方，去武汉上大学。但这种自卑感和孤僻一直跟随在我的身上，成了性格里的阴暗面，无论之后选择何种骄傲的姿势，它留给我的阴影却再也没能抹去。

人和城市一样，都有宿命。虽然在同一个太阳照耀底下，接收到的光度却完全不同。一如这同样的古城，却不一样的命运。大理，虽然也经历了各种兴亡变迁，但它依然祥和、富裕、有生命力。而荆州，正以最快的速度衰落、萧条，只差被人遗忘。

一个是背靠山、面朝水的富饶宝地；一个是无垠平原之中的一座孤城，大江穿心东去不停留。更为悲哀的是，每年洪水来临，荆州都成为潜在被淹的对象。

如果是一个心急的观光客，那么整个大理古城只要20分钟就可以逛完，因为只需从洋人街穿过。

不过我和两个外国朋友并没有这么做，而是走了很多小巷子，看了很多民族小店，吃了一碗云南米线，在一家叫启德的唱片店买了张唱片，还在附近一家书店买了本书，参观了一个博物馆。其实也没花多长时间。后来，找理由和两个外国背包客分别后，又回归一个人。

孤独及其所创造的，它并不可耻。

晃晃悠悠到古城另一个门的出口处，看到一个既无双腿又少只胳膊的侏儒男孩，在努力给路人表演动物叫声。虽然他的声音并不动听，路过的人们还是频频给他送去掌声并向他面前的铁皮盒里丢钱。

我向他盒子里丢了50块钱，正欲默默地转身走开，不料，男孩停下表演并趴在滑轮上转到我面前，笨拙地从铁皮盒子里找给我45块。我不解，他说："我的声音只值5块钱，我只想得到与我付出相等的回报，谢谢你帮助了我。"并坚持要找给我钱，我只得收下。

人们不是希望别人给予得越多越好吗？看来我错了，不是每个人的贪欲都一样。

我拿着那45块钱打车去了蝴蝶泉。听到了那个关于白族人的唯美爱情故事，但以不珍惜生命去换回的所谓爱情忠贞或信仰，让我无法理解。

当然，大理除了浓厚的少数民族文化之外，更让人熟知的是它被称为动物王国或昆虫王国。蝴蝶泉的旁边，有一个博物馆，里面陈列着华丽而丰富的各种蝴蝶标本。不过，美丽的外表背后总是要付出代价，五彩缤纷的蝴蝶其实是螳螂的食物，螳螂能在几秒钟将其咬成碎片。

童年时，我们也常因蝴蝶耀眼的外表而拿它去做残忍的实验，将它放在一面凹凸镜下用太阳烤它，直到它开始冒烟时，我们才肯放飞它。所以，外表太美有时不一定是好事，它更容易招来人们的破坏欲和探索欲。

从蝴蝶泉出来，想去探寻一些真正的白族文化，于是决定租辆私车，刚好遇到的那个司机曾经带过旅行团，沿途都在津津有味地给我讲解地域文化和故事。有时，我们的确是需要有别人的共同参与，才能感受到时间的存在。

“我们是否正视过自己正在走的路？当我们用双脚踩在它上面时，有谁曾去了解过它？”我坐在私车上飞奔，想到这句话，这是我从一本书里得来的记忆，已想不起书名，在此刻受环境牵连使它显现了出来。

是的，我们往往由于太过于注视前方，而忽视了脚下。

于是带着这份刻意的心，一个熟悉的路标闪入眼帘，让我把大理与杭州这两个相隔如此之遥远的地方串联起来。那便是320国道。它是连接我国东西一条十分重要的公路，起点为上海，终点为云南瑞丽，横跨山区、江河、平川、峡谷、高原，全程3695公里。

公路可以拉近两地之间的关系，也可以让地域风俗和精神文明沿着公路借机向远方撒种、漫延、传播、融入。

关于路的起源，已无法再去真正地追溯。大家都知道，在这个辽阔的地球上本没有路。随着人类智慧的发展、生存方式的不断更新，路也慢慢被形成，并永远在延伸。同时延伸的，还有源源不断在路上旅行的人们、故事和探索精神。

在大理的第二天下午，我去了洱海。

当时，高原地带强烈的紫外线炙烤着每一个游客，让很多外地人受不了，特别是女孩子。她们甚至拿衣服包裹在头上，像印度人一般只露出两个眼睛。要知道，那种地方晒一个小时所接收的紫外线伤害相当于在其他地方晒三天。

据说，洱海边上的人非常富有，最早的大理石和雕刻技艺让他们积累了赖以生存和发家致富的资本，所以现在他们大多数人过着最悠闲的生活。每天睡到自然醒，再坐在洱海边晒太阳，不关心蔬菜和粮食。

白族人对苍山和洱海有着很深的感情。一个给了他们最原始的自然生态，一个给了他们最古老的衣食。1500多年前，他们利用一种独特而又智慧的捕鱼劳工——鸬鹚，在洱海捕鱼为生，养活一代又一代的白族后代。

每到一个地方，看到那些少数民族的人载歌载舞，总能找到自己的快乐方式。我对他们的艺术形式尤感兴趣。

白族人同样有自己的音乐——洞经古乐。它原为一种道教音乐，在明代时期由内地传入西南。随后，在长久的历史演化之中，慢慢为西南少数民族所接受，并逐渐融入了民族音乐与乐器。后来，这种音乐又演变成各个细分支。

当然，我并没有过深地了解。相对于最终的音乐，我对少数民族的各种乐器，以及每个少数民族人从小养成的那种舞、乐、艺、审美文化和传承方式更好奇。那是一种心与行相结合的继承。

到达洱海，我随着人群在一个码头上大型游轮开始游览。中途去了一个小岛——南诏风情岛。

白天岛屿上游客非常多，破坏着岛屿本来的安静。只有穿过林间小径到达山顶，那处观音像和循环播放的佛乐能让人短暂清心。站在它雄伟的身姿映照下，仿佛瞬间拉起了心中那觉知的太阳，照亮了前行的路，我也有了一种要在它脚底下唱歌跳舞的冲动。

岛上还有个本主文化广场，类似于教堂。意为“我们的主人”，是白族人特有的民族信仰和宗教文化，根植于民族意识和村民生活中。

从岛上看洱海与古城，那种湖、山、城三者之间几千年传承下来的彼此守候所带来的孤独感与静默，让每一个旁观者的心里升起一种无法言说的苍凉之美。我们不得不生敬畏之心。

他们习惯爱上戴着光环的人

能做自己的光吗？那意味着没有阴影。你们明白吗？因为做自己的光，意味着永不熄灭，不会被任何人为的手段、被环境、被悲伤、被意外事件所熄灭。

——　克里希那穆提

前行的道路没被照亮，不过交通的发达让我离开大理时，有了多种方向选择。一是去腾冲、瑞丽线路，二是向北走丽江、玉龙雪山等。

最终，对大自然虔诚的朝圣心理战胜了一切。

想去雪山前一拜，感受下藏民心里的那种圣山，以及体验大自然的神圣、和谐与宁静。虽然我对丽江并不太感兴趣，也不是第一次去那里。

坐上大理开往丽江的大巴，前排车载电视里放着一个化着浓妆的香港歌手，抱着鲜花站在舞台中央，伴着刻意的舞美光环，台下大量的青年男女尖叫着。这到底有什么好兴奋的呢？人们总是容易被虚假的光环所迷惑，不如把更多的精力用来崇拜自己。

大巴在山路上盘旋时，我多年以来的晕车习惯又犯了，一直呕吐。

这让我想起，以前每次过年回家，在县城通往小乡镇那条颠簸山路上都会呕吐。可是当我身处全国其他地方，去旅行、采访、参加活动或是带乐队演出等，见过比那路况更恶劣的山路，却从不晕车。

后来发现，一直是心理暗示在作怪。

因为我第一次坐客车时，有一种莫名的心理恐慌，导致晕车呕吐了。此后，每次一到那个路段，注意力和思维意识无时无刻不在提醒我：做好准备，我要晕车。然后把这个信息强加给自己，不断重复或暗示感官，直到真的呕吐完了心才觉得完结。

所以，往往第一次带给我们恐惧或失败的东西，当再次遇见类似感官情景时，还是会有记忆反射，会产生同样的反应。要清除这种心理，只能让心彻底地跳出那个感官经验。

“走，杀进丽江城。”这是路途上一个藏族小伙子的原话。藏民说话总是那么直接、豪迈。同时，又充满着信仰的一面。比如，为了活跃大巴上旅客的气氛，一个藏族青年人充当起了导游，沿途讲述他们对自然的尊重。他说：“只有合理地取之于大自然，大自然才会源源不断地给予你，以及你的子孙后代。”

我一路晕眩着，无法专心地去聆听。那藏族青年人反而取笑我说：“你之所以晕车，是因为你心不够专一。”仔细回想，从禅修角度似乎也有几分道理。

大巴车到达丽江，是下午两点左右。一下车，身边不时飘过各种装扮文艺的背包客男女，说笑着涌向人潮。我也顺着他们的方向，跟随过去。

不知从何时起，我习惯了靠眼睛去记录一切，而不是拍照，因此相机被我藏在了背包深处。

丽江自古就是一个多民族聚居的地方，共有12个世居民族，其中以纳西族为主，白族、彝族、傈僳族等混居其中。东巴教是纳西古代的一种原始宗教，是他们的精神领袖。

如今，丽江最大的特点并不是艳遇，而是热闹。到处挤满不甘寂寞的青年，他们从世界各地奔来，蜂拥在灯红酒绿的地方迷醉自己，寻找逃开现实的乌托邦理想之地。但在这场纷繁中，我们终究还是要醒过来，不是吗?

现实中，我们鲜少真正地满足，这是真的。

如果非要说出丽江让我喜欢的东西，那就是水和植物。水和植物布满整个古城，让这个外表嘈杂无比的地方又有了安静的一面。每一条街道都顺水而进、逆水而出，夹杂着绿色与鲜花，植物茂盛，生机勃勃，这是它一直没有改变的本质。

到达丽江后，我选择了白天躲在客栈睡觉。一是可以避过强烈的阳光，二是养足身心融入这里的夜生活。要不然，跑来丽江做什么呢？虽然感性层面不喜欢，但理性层面还是要去体验的。

晚饭时间，我准备出去逛逛。刚走到客栈大厅，就看到一个穿着牛仔衣、背着户外包、打扮简单的姑娘同时走了出来，并远远地对我微笑。我正纳闷着欲出门时，她主动跟我说话了。

“你是田禾吗？”

我惊异，没有直接回答，却暗中去摸口袋里的身份证，猜测着她是不是捡了我证件。

她或许是看出了我的不自在，又急忙补充说：“你可能不记得我了吧，我们曾在VOX（武汉一音乐演出现场）见过。”

这时，我突然显得有些不好意思起来，现实中也特别害怕被人认出，甚至有轻微的熟人恐惧症。我不知道这种心理怎么用理性去诠释。

待我稍冷静了片刻，仔细一回忆，对她还真有点印象。似乎是很多年前了，那时她是一个疯狂喜欢哥特的美术生，整天化着浓浓的黑眼圈。在某个城市看了我一个吉他手朋友的演出，于是就不顾一切地爱上了他，此后只要是关于他的演出，她都毫不犹豫地奔赴每个现场去看。

当然，她爱上的也只是他那份属于舞台的光环。

现在，她却变得这般淳朴自然，没有了那份深深的执气，有些意想不到。这也让我觉得奇怪，自己在不同的内心转变阶段，总能吸引来与自己在某种程度上具有同质能量的人。

她看我也是一个人出来，于是要求我陪她去选个非洲鼓。

我问她还热爱音乐吗，她笑笑，说只是留个纪念，曾经的那股疯狂劲儿回不来了。古城里面卖手鼓的店太多，基本是些旅游鼓，反正她也没有专业性上的要求，于是随便选了一个。

后来，我们分开而行。

那时天已经黑了，每个巷子里的灯光都非常迷人。走在灯光里的人群也美得让人产生虚幻感。

我继续走，听球鞋磨在石板上的声音。一个人旅行，就是随时准备将自己融入周围的世界，于是找了家酒吧在角落坐下。当舞台上的驻场歌手很煽情地唱着一首歌时，旁边桌上一个女孩突然当着大家的面号啕大哭起来，并开始发酒疯。

她咆哮着说，她再也不想去工作，不想回到现实，更不明白这样苟活着有什么意义。

一开始所有人都很诧异，慢慢的，大家都沉默着不说话，任由她独自在那发泄。她喝醉了，心开始燃烧，触醒那个本真的自己，于是向自己内心深处发问。

也许，大部分人和她一样，来丽江就是为了跳出一次现实，因为现实给了他们一个厚厚的面具。可是，心性不改变，无论跳到哪里，无论用多少酒精麻醉自己，终将是一场更深的痛苦。

从酒吧出来，我又一个人跳进孤独，开始在各个石头铺成的巷子里穿梭。脑子里偶尔回想着那女孩边哭边自我发问时的表情，反而觉得那一刻的她，是如此真诚。

深夜的广场上还在跳着纳西族舞蹈。随着音乐穿行其间的年轻人们，开放着身心的需求。

我选择在一个小桥边坐下，只要心静，身处热闹之中也能拥有自己的空白世界。

一直快到凌晨时，才准备回客栈休息。一边往回走，一边看到沿途到处都是卖唱的年轻人，他们拿着吉他和手鼓，三五成群地随意坐在地上，搬着几箱啤酒点上一些蜡烛，开始贩卖青春和跳着荷尔蒙舞蹈。很多女孩被他们感动，然后将大把的钞票丢给他们。

人们总是热爱那些戴着光环的人，因为每个人都有一颗不甘平庸的心。在碌碌无为的生活背后，只能努力在他人身上寻找自己的幻想。不管是舞台上的歌手，还是街头的卖唱者，他们身边总是围着一大群人在那尖叫着、簇拥着。那时，音乐仅仅是一种情绪，每个听者都沉在自己的故事里。

用一种隐秘而自我的方式洗心

如果知觉之门得到净化，万物将如其本来面目般无边无际。

——威廉姆·布莱克

束河古镇。所谓的安静，只能是相对于丽江来说。凡是以旅游为宗旨的地方，也不可能成为一个隐城。

在中国，大部分古镇都是仿古重修，然后配上植物、粮食、木质庭院、小桥流水，所以不可避免地在外观感觉上都大同小异。想看到更多原生态的、民族的、独特的文化成了一种奢望。

束河和丽江一样，也到处是鲜花和植物。从束河出来，原计划是和在客栈认识的几个人一起徒步去雪山。后来下雨，有两个女孩子意志不够坚定，于是选择了一起包车。

司机碰巧又是个藏族小伙子，他告诉我们，在出发前要站在那片黄土地上对着玉龙雪山的方向许个愿，朝拜一下大山。

不过，从游客角度，雪山之旅是失败的。

天公不作美，站在山脚下，整个雾蒙蒙一片，什么也看不见。也许事实证明正如藏民们所说："人只有尊重自然爱护自然方能与自然和谐相处；人若一心与自然为敌，只意欲征服自然，则必将以灭亡告终。"

我们没有一颗足够虔诚的心，一心想着去满足好奇心，所以它干脆不让我们看见。

临离开雪山，虽然有些失望，但我们还是站在灰蒙蒙的天空下，双手合十，对着山峰静默了很久。同行者中，一个佛教徒女孩却一直虔诚地跪在地上，大家都被她的行为所感化。

后来，我也干脆跪拜在那里，将心底所有的烦恼倾诉给了大山。

诉完时两行热泪滚了出来，它让我瞬间轻松了许多。这是我曾在一个寺院里学到的洗心方法。

某一段时间，我深感自己满身都是罪恶，对未来也失去了信心，于是经一位佛友介绍去寺院找到一位师父。师父将我带到一个殿堂，里面坐满了在那参修的居士和僧人，于是，他让我当着所有人和佛祖的面说出自己的一切罪恶。

一开始，我顾忌着那么多人在场，心怎么也打不开，不敢说或只说一些无关轻重的内容。师父不满意，一直要求我要心诚，哪怕是平日里最难以启齿的也要统统说出来并忏悔。我尝试了无数次，还是有所顾忌，无奈之下师父只得严厉起来："你怎么能这样欺骗我们和佛祖呢，我们足足等了你一个多小时，你却一点诚意都没有。"

我看着周围那么多双关切而真诚的眼睛，顿感内疚。后来一狠心，干脆闭着眼睛，当周围的一切都不存在，一口气将自己从出生时起的所有罪恶统统向佛祖忏悔了一遍，整整说了两个小时。

也就是从那一瞬间起，我觉得自己干净了。

心仿佛被洗过了一般纯净。

当我讲完时，没有人嘲笑我，听到的都是掌声和慈悲。师父后来对我说，其实当你发狠心讲出的那一个瞬间，就是放下。

我们每个人总是背负着太多的东西在前行，如果不适时卸下包袱，终将被累垮。从那次以后，我经常会去一片隐秘的无人之地“放下”。

其实我明白，真正的修行者没有地域概念，无分别心。在寂静之中洗涤心尘，靠的是心，而不是山。山只不过是给出一个外在的相缘。

从雪山脚下当天返回了丽江。丽江的夜每天都如此，我已经不适应那样的人潮了。

换了一家客栈，住到了古城外。第二天在客栈独处了一整个白天。当时有种冲动，徒步去西藏，或者租辆自行车骑到拉萨。

在我从杭州出发前，以前乐队的鼓手就起程去了拉萨。他说：

“我们就在拉萨碰头吧。那里是离心性最近的地方，确实值得你去待一年。”

他曾是我在武汉时最好的朋友之一。几乎也是从那个昆明兄弟消失以后，他就成了我最忠诚的酒友。

最初，我们在武汉洪山广场地下通道里卖唱时认识。那时大家都正值青春年少，无物质收入来源。他弹唱着Nirvana，穿着蒙克，是一个标准的油画系学生，却做了一名鼓手——总是躲在舞台最后的那个人。同时还与他当时的董小姐蜗居在一个堆满油画框的破烂出租屋里。

此后他们搬了若干次家，每次都和一群艺术系同学合租在一起。后来，我们一起做乐队、一起看演出、一起谈生活哲学、一起聊足球。迫于生计，他画过漫画、做过美术老师和摄影后期，也为了生活奔波在各个城市工作。

一切都在隐忍寂静中，并没有过多的抱怨。

我们都见证过彼此最落魄的那一部分。

不过，他在我心里一直是个活得豁达自在、略显哲学化的人物，也有慈悲和爱心的一面。

从不见他的悲伤，直到与他患难相处了十年青春期的董小姐最终嫁给了别人。他开始拿起吉他，成了一个深情而悲伤的浪子歌者，不再躲在舞台后面了。

去年八月的时候，他坐了九个小时硬座火车来杭州找我。下车时手里还提着一瓶二锅头。

在我家把客厅当做舞台，迷醉中唱起了《董小姐》和《不会说话的爱情》，用歌声诉起了关于他自己的那段长达十年的爱情。当天，我约来了很多朋友，其中一个来自恩施的土家族女孩当场被他歌声的真诚和深情所迷倒。

她决定嫁给他，他也决定娶她。

次日凌晨两点他们向大家公布要结婚的消息，然后坐火车奔赴武汉准备去领结婚证。姻缘有限，最后被父母强行拆散，一段传奇故事没能续写。

现在，他正循着自己的声音，做了一名民谣歌手。拖上所有的行李，西游去了藏地，游走于拉萨各个青年旅馆或酒吧驻唱。

苦旅之中，观者与被观之物皆有灵性

一个人应学会更多地发现和观察自己心灵深处那一闪即过的火花，而不只限于仰观诗人、圣者领空里的光芒。可惜的是，人总不留意自己的思想，不知不觉就把它抛弃了，仅仅因为那是属于他自己的。

——爱默生

很多人旅行总在追求距离上的远近、时间上的长短、目的地是否能给自己带来虚荣。但我，只是毫无规划地做了一次生活上的出逃。拖着散漫的步子，一边随意地行走，一边试图唤醒自我意识。重新定位自己与世界的关系，让外在与内在双重成长。

仅仅因为一个念头就决定一个地方，也仅仅因为一个念头就放弃一个地方。心总是没有太强的定性，念头丛生。

我没有徒步去西藏。最后选择了走另一个线路，去热带雨林，去西双版纳。因为我同样也是一个对生态执迷的人，热爱绿色植物，热爱山谷栖居，热爱在森林氧吧中行走、观望、呼吸。

从小在山里长大的我，散发着森林和泥土的气息，对大自然里的所有生命充满珍视和新鲜，曾经一度想做一名生态摄影师。

于是从丽江又坐了整整一夜的火车回到昆明，从昆明再转大巴车继续前往。火车到达昆明时是清晨，但我一直晃悠到下午六点半才坐上去思茅（普洱市府所在地）的车。

人们都疲惫地坐在大巴车上，一直在黑夜中的山路上行驶，仅凭感知判断着车的前进方向。我闭着眼睛，塞着耳机开始听音乐，偶尔能从对向来车的灯光看到山脉。

随着大巴车的前进，我深切地感受到，旅行也是一种苦。

人生在世，有哪一种东西不是苦的呢？即使是让我们获得快乐和期待的东西，它的背后也是苦。

那我们为什么还要这么执着于奔赴每一场苦？因为我们对于未知的体验渴望欲永远也填不满。

接近凌晨时，到达了一个奇特的县城——墨江。墨江被称为太阳转身的地方，是赤道分割线。北回归线穿城而过，被誉为“北回归城”。当然，它与著名作家亨利·米勒没有任何关系。

由于太阳和月亮在此碰面，因此它有最好的阴阳结合。在县城专门修有一个纪念广场，似乎就叫月亮广场，那里一半是热带一半是温带。人可以站在正中间，体验身体同处两带之间的差别感受。

其实我们每个人的身体和性格，本身就伴有阴阳两极，这股暗涌着的潜在力量往往以它特有的方式支配着我们的行为。

同时，墨江超高的双胞胎出生率让它闻名全世界，每年都要举办世界双胞胎节。据说，每一对新婚夫妻有30%生双胞胎的概率。也正因为此，整个墨江县城所有的店名都与月亮、双胞胎、太阳等意向有关。

从墨江继续苦旅，黑夜中又行进了两三个小时，终于到达了被称为“世界茶源”和“中国咖啡之都”的普洱市。

普洱不用我多介绍，最著名的当然就是树叶。这种树叶被改造成一百多个品种，畅销全世界，并延伸出一门新的生活哲学——茶道。

普洱地理位置属云南的西南部，与越南、老挝、缅甸接壤，国境线长486公里。约60%为少数民族人口，主要分布有哈尼族、彝族、傣族、拉祜族、佤族、布朗族、瑶族等。自然资源丰富，生态原始。

人们离土壤很近，植物是他们的生存之源，树叶是他们的终身信仰。

次日天刚亮我就离开酒店，下一步要去哪儿呢？

忍受着强烈的疲劳，还是决定要继续往前走，去野象谷。在早餐摊碰到了个同路的背包客，他也独自一人，来自东北。于是决定结伴前往。

一个人旅行最大的困难就是坐车，因为无法确切知晓每个地方的车次情况。

在他的建议下，我们去报了个当地的旅游团。680元一个人，去普洱和西双版纳的一些景点，包括所有门票、车费和包住两晚景洪的酒店，结束后自由行动。

我并不拒绝或反对团队出行，暗想，随缘地碰到任何情况，磨砺自己也是一种收获。遇到不同的人、不同的事，可以试图让自己的性格变得如水一样圆融。

旅行从某种程度上，真的就是一场受苦。

一路劳累不说，刚到野象谷时又淋了一阵大雨。热带气候就是这样，一边是太阳暴晒着，一边却下着大雨。同时我们被转卖给了另一个团队，叫23号团，因为整个团队有23个游客。

野象谷位于勐养自然保护区内的三岔河河谷内，距景洪47公里，总面积约370公顷，为低山浅丘宽谷地貌。整个野象谷挤满了各个旅行团。

跟着团队整个节奏就快多了，在导游们愤怒的喇叭催促下，一路像被赶着去田间劳作的奴隶。我们必须收拾起那份散漫之心，进入另一种被迫式的驱动体验。

不过，抛却这些外在干扰，身处整个绿色森林之中，总是让人感觉清新、自然、淳朴。有别于城市的钢筋水泥带来的压抑感。毕竟植物也是有灵魂和气场的，我们从森林中间穿过，同时也是在寻找与植物交流的方式。

野象谷的另一层灵魂来自于大象。虽然不是真的有野象，但有人为的大象表演。

意外的是，我看到一只大象在表演时，踩踏板失误，从高高的跳板上摔了下来，笨拙的身体砸落在地上。当它爬起来时，眼神里伴着内疚而忧伤的泪光。

这让我感觉很压抑，不敢直视它，有一种说不出来的伤感。

我意识到外表笨拙的大象其实是非常具有灵性的动物。我们人类或许不应该拿它来进行表演。它也让我明白，在现实社会中，我们不能仅仅依靠外表来主观推断他者，这会产生错觉。其实回想藏民们所忠告的那些话，深具寓意。试想，如果鸟鸣声真的从我们身边消失，我们的生活将会失去生态，从而变得贫瘠和枯燥。如果大地真的枯伐一片，整个人类也将失去氧气。

植物和动物都需要我们的尊重，和谐相处。法国学者史怀泽曾经说过：“当一个人把植物和动物的生命看得与他的生命同样重要的时候，他才是一个真正有道德的人。”海德格尔也说：“人不是自然和大地的主宰者，只是它们的维护者，人应该和动物、植物平等相处。”

种一片没有烦恼的人生花园

生活不可能像你想象得那么好，但也不会像你想象得那么糟。我觉得人的脆弱和坚强都超乎自己的想象。有时，我可能脆弱得一句话就泪流满面，有时，也发现自己咬着牙走了很长的路。

——莫泊桑

从野象谷热带雨林，到达了下一站——西双版纳热带花卉园，似乎整个行程一直与植物有关。大门招牌的反面写着：“人与自然和谐相处。”

这里蓝天、白云、鲜花、绿树、欢快游乐的金鱼、不知名的果实，一片祥和，如同一个没有烦恼的花园。西双版纳与缅甸的分境线有一座大山，这座大山是缅甸国宝，里面布满了绿色的石头。而这些绿色的石头被开采后，又大量地贩卖到中国，换取中国的黄金。

西双版纳位于云南最南部、北回归线以南，属热带季雨林气候。古代傣语为“勐巴拉娜西”，意思是理想而神奇的乐土，主要特产是热带水果、普洱茶和小粒咖啡。除了旅游业外，橡胶是他们的主要经济收入，并且是全国第二大天然橡胶产区。

到了西双版纳，我们的称呼就改了，男的都叫猫多尼，女的都叫骚多尼。他们喜欢戴眼镜的男士，因为那是有文化的象征。

在西双版纳生活着的傣族，还维系着母系社会。

因此，男人无论是在社会角色中还是家庭里，都没有地位。一个村寨里权力最大的不是村长和书记，而是妇女主任。重女轻男非常严重。

人们称男孩子为“赔钱货”，长大了要嫁到女方去，且三年之中不能睡正房。把身体交给劳动，在地里先割三年橡胶，得到女方家族年龄最大的女性认可后，才被扶成真正的丈夫。从此，男人没有了一切生存烦恼。

由于西双版纳的傣族人全民信仰南传佛教，佛寺遍布村寨，所以一般家庭和睦，很少有矛盾分歧。傣族男孩到了8~10岁都要入寺过僧侣生活，佛寺对他们来说不仅是修行之地，更是一所学校。他们在那里学经识字，一般在1~5年后还俗回家。如今，在西双版纳的傣族村寨中仍有500多座佛寺、200多座佛塔。

大部分佛塔门前都有一些类似于“安静，也是一种修行”这样的提示语，我想，这些是刻意为旅客而准备的。

西双版纳下面的勐海是普洱茶的源头，也是茶马古道的起点。那里有一株1700余年树龄的古茶树。

茶马古道与丝绸之路齐名，是中国通往国外的又一条神秘而漫长的历史之路。只不过如今这两条古老而盛满故事的道路，更多只存在于博物馆的墙面地图上。

在西双版纳，我们去了茶马古道、傣族村寨、原始森林公园，看了场歌舞表演和篝火晚会，还去了勐泐大佛寺，团队行程就算彻底结束了。

23号团就此解散。

跟团行走时，也有属于它的美好一面，那就是你能最快速地融入一群纯粹陌生的人。他们来自天南海北，一起共同经历这一段时光，你随时可能存在于一个陌生人的镜头里。结识的某个人也可能在未来若干年后会给你一个呼应，不管是事业的、友情的，还是爱情的。

人与人之间本来就是一场非常奇妙的相遇，旅行只是让这种相遇来得更直接、更简单。

不过23号团也有幸存者，那就是我们六个年轻人。一个浙江女孩，一个昆明女孩，一个北方警察，两个西北姑娘和我。

每个人都是带着故事在前行。是这个团队让我们结识，并熟悉。行程结束的那天晚上，我们相约着在景洪的街头相聚到凌晨四点，任意地放纵自己有别于现实中的一面。

出来旅行不就是要远离现实琐碎，寻找一片没有烦恼的地方吗？

可是，每当我们跪在庄严高大的佛像面前虔诚地许愿时，又总是乞求佛祖保佑自己事业成功。所谓的事业只不过是一场物质贪欲，是一场潜在的苦，是在助长烦恼的产生。那我们到底是要强大的贪欲，还是要内心的平静?

我还不是一个足够强大的智者，取与舍之间难以平衡，所以常常会矛盾，会偏执地去探求答案，然后又在这种模棱两可的答案中盲目前行。也许，刻意的离苦或者寻乐，都只不过是一种痴迷偏见。

离开西双版纳的头一天，我买了很多热带咖啡。现在的我很喜欢喝咖啡，有时候一天要喝很多杯。

记得在我刚开始接触咖啡时，非常反感那种苦涩的味道，即使偶尔喝一次，也要在里面加满糖，使它变得甜甜的才肯入口。

可是随着生活的深入和性格的沉静，慢慢爱上了这种苦涩的味道。或者说是接受了这样一种“苦”习惯。它正如我们的生活，苦涩中带点甜才是最原本的汁液，任何过分糖化的修饰都太暂时。

能让人在嘴里回味的，始终是咖啡里那苦涩的醇香。我想，一个懂得接受咖啡那种苦涩的人，也是一个正在懂得接受生活本身的人。它直接，但不激烈；它鲜明，但不张扬；它苦涩，但始终柔韧；它孤傲，但又随缘。

有时候接受苦，是为了离苦。离苦，才是为自己种植了一片没有烦恼的人生花园。

去仰光，奔向更开阔的人生

每 个 人 身 上 都 有 太 阳 ， 主 要 是 如 何 让 它 发 光 。

—— 苏格拉底

人们都已返程，或还在原地踏步，而我还要义无反顾地去探索新的征程。

欲通过西双版纳的打洛口岸去缅甸。目的地是缅甸最南边的城市——仰光，我向往已久的佛教圣地。那是我心底的光。一直觉得，它应是信仰与光芒的简称。在充满内战的缅甸，它却是一座和平城，缅语“战争结束”之意。

只不过一切充满不确定性。因为自从2011年发生震惊世界的“湄公河惨案”之后，中缅边境关系还没彻底恢复信任，口岸出入境规定总在根据双边形势随时变化，听说经常会限制陆路出入境。

但无论如何，我得去尝试。万一不行，再返回昆明直飞过去。

打洛口岸位于勐海县西南部，离景洪134公里，是昆洛公路终点的一个边境游览区，也是我国对缅重要的边境旅游口岸。

在去打洛的路上，客车不时要被边防警察拦停下来检查，气氛变得很凝重。本来根本不害怕危险的我，也被感染得担心起安全来。幸好整山整山的绿色橡胶林能让人的心暂时出离。

还在大理的时候就听人说过，缅甸是一个很危险的地方。当时那人还跟我讲述了很多下关人去缅甸贩毒的故事。在缅甸，黑赌毒泛滥，巨大的利益诱惑着很多的人冒着生命危险去犯罪。因此，中国通向缅甸的公路几乎都能被称为黑色之路或白色之路。同时当年的滇缅公路由于远征军和历史战争，也被称为红色之路。在这条红色公路上，人们慢慢发现了商机，运输翡翠，故又被称绿色之路。

我在这样的公路上坐了两个多小时车，到达了打洛口岸。

口岸门口显得有些冷清，除了几个边防官兵，几乎看不到其他行人。周围打听了一圈出境程序和方法，获知最简单的方法只有两种，一是继续找个旅行团，二是偷渡。后来，我跟着旅行团办理了出境证。和团队出境之后，只能随遇而安地到边境地区活动。

人生总是有缺憾的，我必须学会忍受这些缺憾，与世界温柔地相处。一座座雄伟壮观的金色佛塔照亮着我失望的心。

钱钟书说："旅行最试验得出一个人的品性。它是最劳顿、最麻烦，叫人本相毕现的时候。"

看来，要想真正抵达心里所向往之地，必须回头再行了。当然，错误的路上也有错误的收获。至少它让我明白，有时心存侥幸地一味盲目前行，最终会失败而归。

"真正的净土，不在它方，也并不遥远，就是一颗纯净的心。"

世间的名位、金钱、权势，是人人希望获取的。在这股强大的物质洪流中，身边的所有人都开始对世界奋力投入各种热情，而我还在冷观，不想进入。

有时，只想拿起我的手鼓、木吉他、相机和帐篷，背着简单的行囊去远方流浪。做个如犀牛般孤独而自由的行者。远离喧嚣而华丽的城市，跟随自己的心声和脚步，在山林间穿行，在阳光下奔跑，在自然间呼吸，在村庄里游荡。

抑或就晃晃悠悠，每天睡到自然醒。

于是，我一个人听歌，旅行，写作，独处，晒太阳。永远都在散漫的成长路上，不愿沉入这些纯物质的现实欲求。这，总被周遭所有人称为不成熟。

我急切地需要呼吸新鲜的养分，需要一些改变和不同，以便让已显腐朽而懒惰的身心产生新的渴知，去感知更广阔的世界，让生命过得更充实丰富，奔向更开阔的人生。

十月份的时候，我从缅甸回到了杭州。这个城市的阳光依然美好而温顺，我热爱这里。

也热爱世界。

只要人生没有走完，向前的心就不会停止。行走没有固定的模式，也有千差万别的体验心知。我所记述的，有些私自和随心，并不一定属于大家。在路途中探索自然，聆听众声，同时也探索自己的内在心灵。

2013年西湖音乐节，当早已剪了短发的朴树在舞台上一遍又一遍地重复唱着“关于未来，请你坦然”的时候，我脑子里写着满满的青春温暖记忆和关于未来的空白片断。即使明天没有了一切，我依然对未来充满乐观。很感谢负面情绪在我身上留下的烙印。

是旅行教会了我们爱。

伴随着一个又一个的出逃闪念，促成了我这些外在的成长。我一直没有停止过离开熟悉的自己，也一直在颠覆自己。这，也是成长本身。

活着是什么？活着是自我燃烧后止于宁息。从大自然中走到田间，穿过繁华都市，再回归到大自然中去。心也从简单变为繁杂，再回复到简单。终其一生，我们从时间中确立自己，也在时间中遗忘自己。你是否找到了跳出时间的方式？

让每天成为新的一天，并不是因为时间上的变更，而是旧的自己已失。内在的那个体系是全新的，因此感知到的世界也是全新的。

PART TWO

像呼吸一样，顺从自己的节奏

世界上的任何地方，靠走，是无法到达的。

我们总是对远方充满好奇与向往，换作各种姿势试探着去融入。请点燃你的火焰，沿着这条公路，去找寻一处让身心停歇下来的光明之地。

——题记

趁我还不够老

我宁可做人类中有梦想和有完成梦想的愿望的、最渺小的人，而不愿做一个最伟大的无梦想、无愿望的人。

——纪伯伦

>>>放牧一次精神自由

这是一次跳出生活之外的开拓尝试，是对过往固有旅行方式的一次出离，是自我开发的一条解脱之道。

一个人穿越浙江和安徽的短途山地车之旅，总里程约400多公里。

与其说是一次骑行，不如说是在一条无名的公路上，带着一辆自行车和丰富的内心情绪，放下某些欲念当一个悠闲的公路行者，忠于感知和沉于冥想地与自己说了三天话。放牧一次精神自由，解剖内心与洞见欲念。

正所谓，流浪不必去远方。

在刚出发时，根本没有想到会走这样一条路，无任何的路线规划。只是试着离开这儿，往前走。苦行禁欲，离群索居，公路探索。人生就是如此，我们总要为自己的“执着”付出一些代价。这个世界上，再也找不到比我们的心更难以平息的妄想，也找不到比心更难以驯化的东西。

对于很多骑行过川藏或走过太远的路的旅行者来说，看到这样的里程也许会不置可否地一笑，这只是他们热身的一个距离。但对于像我这样第一次骑行的人来说，400多公里已经是个很大的挑战，全程走完，已觉得很圆满。因为无论距离远近，我已对这项身心相结合的户外运动或行走方式充满了热爱。有了这样一次经历，以后我就能骑车抵达世界上的任何地方，哪怕是4000公里、40000公里，也一样充满信心，毫无畏惧。

那只不过是一个时间周期的差别而已。

并且它让我第一次亲身体会到，原来骑行不仅仅是马路上一场依靠体力的青春路过，还有对沿途人文存在、自然生态的重新探寻和灵魂唤醒，以及对世界实相和自我空间的全新审视、倾听、接纳，是毫无节制地展开另一个从未预知的自己。然后让奔于公路上的疯狂身体停下来，褪掉心理束缚，回归安静和纯净微小的自己。

>>>原始的脉动与血流

很久以前，曾看过一个纪录短片《生命周期：山地自行车之旅(Life Cycles)》，那是一群永远融在山川大地里的年轻人，用青春的姿态面对人生，讲述人与自然、生命与体悟。

影片开头是一段非常哲学和寓意的独白："生命就是一条河。在河流的开始与结束之间，有千万条路线。我们会用一生时间去关注河流在哪里停止，又在哪里开始；在哪里流动得快速，又在哪里变得缓慢；哪条河流动得长，而哪条河流动得短；却没有注意到重要的一点——无论如何，河水永远在向前流动……也许，这就是生命的秘密。"

真理往往就在我们身边的微观世界里，万事万物都能与我们的生命巧妙地联系起来。就像河水永远向前奔流一样，人也在属于他们的时光隧道中老去。对于某些群体来说，在路上用自己的方式前进着才是他们奔腾生命应该有的状态。

这是属于他们的河流。

正如片中所说："生活就是一种自杀行为"，我们往往在创造生活的同时，也在毁灭自己。"终有一天，河流汇入海洋，从此它不再是一条河。它尝遍的各种经历、故事、冒险，终将结束。"

人的一生是否也是如此?

所以，影片在我心底留下了一个潜在的向往。我也渴望有机会尝试一下这样的方式去亲近自然，走过河流一样的人生。用脚亲自征服每一座高山，跨过每一条小溪，感受大地的每一寸肌肤；亲眼看到每一次流星划过夜空、日落月升；闻见每一片金黄色的麦田，和正在收割庄稼的农民们打声招呼，感受他们的喜悦之心；在路过的每一片绿色森林里听鸟叫，生慈悲心，闻树叶的味道；站在某处山坳对天空大声呼喊……

不过影片最后，热血沸腾的他们从悬崖上翻下，美妙的抛物线背后是人被车体抛离。只留下一些残存在大地上的自行车碎片，天空一如既往地安静……我知道，他们这一生的骑行完美结束了。河流也融入了大海。

但车轮依然还在转动，他们存活着的气息还依然停留在每一个人的心间。

>>>触摸外面的天空

终于有了一次亲自出发的机会。

不过这个决定来得有些意外、唐突、慌张甚至茫然。因为在决定出发的头两天晚上，我才得知一位毕业于中国美术学院雕塑系的艺术家朋友在预谋一次长途骑行。他将从杭州穿过安徽，去江西婺源和景德镇。

刚好那天有他组织的一个饭局，聚会者是一群来自全国的设计师，他们在上海参加完某创意艺术展后，集体跑到杭州来游玩。我被叫去陪同吃饭。

在餐馆包厢里的酒杯碰撞间，他召集着大家响应他的骑行计划。但无人回应，只有我决定跟随他。想着无非是挑战一次自我，跳出固有的生活状态让自己再青春一次，用骑行的方式接触并敬畏自然。而此前我却没有任何的骑行经历，也没拥有过一辆山地车。在我过往所有依靠自行车出行的记忆里，最远的一次也不过10公里。那是大学时从汉口买了辆二手车骑回武昌。

内心里，我还渴望着让自己的生活充满惊喜和意外，还有着很浓的流浪情结。

因此我决定去。何况与世界隔绝得太久，都快宅出焦虑症，早已想触摸下外面的天空。

如佛陀所说："世界上的任何地方，靠走，是走不到的。"要到达任何地方，只有心念先抵达。因此，在决定参加骑行后，刻意又将那部纪录片找出来重温了一遍，以给自己补充一些内在的精神能量。让那些潜在的向往能够真正生根发芽。

那位艺术家朋友常留着一脸"金斯堡"式的胡子，有着丰富的骑行经验和一次非凡的骑行经历——沿318国道从上海骑行到西藏，一路宣扬着他所倡导的"竹理念"绿色环保文化。总共70多天的骑行生活让他对世界有了新的认知。回来后创立了自己的竹文化工作室，专注于一些竹艺设计和竹制品的推广开发，寻找到了自己愿意为之奋斗终生的热爱。

其实我之所以能和他结识，他那次骑行西藏的经历在我心里占了很大的诚信比重。我觉得一个人能跳出生活之外坚守这么长时间的孤独之旅，内心一定有着别样的信仰所在。而这种信仰能支撑着一个人走到更远大的地方。

就着微弱的光去尝试

在纯粹光明中就像在纯粹黑暗中一样，看不清什么东西。

——黑格尔

>>>坚持着去尝试未知

预知困难，体验苦，是做任何一件事的前期心理准备。

次日，突然接到艺术家朋友的电话，说是为了安全起见要提前考察下我，带我去西湖山脚下的盘山公路上先适应两小时。也许那时在他心里，已经预知我可能会是个路途上的累赘。或是他看过《转山》那部文艺电影后的自我臆断。

我顿时心生怨绪，心想，骑行应是一次放松的漫游，有这么紧张吗？何况第二天就要出发，还不趁早节省点体力好蓄势待发？而且，我上午还要满城去找骑行装备专卖店。

找了各种借口，其实本源就是生怕吃苦，是对苦的一种心理上的逃避心。

一本关于修行的书上告诉我，苦，是我们整个人生的根基，无处不在，未曾稍停。必须认清它，并坦然面对它。这是我们成任何事的基本。在我从城西买了一堆装备回来后，虽然内心里有些不情愿，但还是直接跟随他去了西湖龙坞边的盘山公路上练习。

练习中，一想到第二天就要开始真正的骑行，那种期待之心又盖过了当下的苦闷。两个小时的试骑，很快就在各种新鲜感的探索之中埋没过去了。我此生第一次穿上骑行装、戴上骑行帽，似乎面对的是一个全新的自己，一种全新的角色形态。

虽然在几段弯曲的上坡路段也曾轻微地有了退缩和怀疑的念头，意识到这样的骑行对我确实将是一次心理和身体上的双重考验。不过，这不足以引起我心的波动。

我还是要坚持着去尝试未知，从心出发。

“出发，凌晨四点半就出发。”我还没来得及答复，艺术家朋友继续说：“要体验骑行，夜骑是必不可少的一部分，也是最刺激的一部分。”

好吧，就这么定了！

由于时间紧迫，出发前来不及做任何其他准备，也没有时间在网上搜集一些骑行常识或经验。甚至连一辆山地车都是从一个驴友那里借来的。

当然，这辆车同样有着非常坚韧的故事。它也曾亲历过川藏、318国道等多趟艰苦的长途之旅，车身上沾满汗水与苦诉。所以，我对这样的自行车充满了崇敬和信任，坚信它一样能带我到达任何想去的地方，唯一的限制在于心。

回家收拾行囊的时候，艺术家朋友一再强调：“你是第一次体验骑行，一定要减轻重量。背包里只需带两条换洗的内裤就够了，其他物品一律不带。”

我选择了听信他，好吧，减轻负担从外在开始。

背包里真的没有放其他东西，哪怕预知到未来可能将面临一周没有衣服可换。除了一些必要的证件和一个小单反相机。而且在带这个相机时还犹豫了很久，因为它是我整个行囊中最重的物品。但对于我这样一个摄影爱好者，相机是远行时的必备品。

>>>趁着热切的心

如果还未开始，我可以放弃吗?

由于出发的头天晚上又是一个属于聚会的夜晚，结束后回家都已凌晨2点。那一刻，我有点想爽约，因为离4点30分的出发时间不远了。

又开始潜意识地给自己寻找一些散漫的理由，想着旅行就是一种自由自在无拘无束，凭什么起床时间还要这么备受煎熬呢？人为地制造一些急迫感，促使自由的概念变得狭窄，对苦的感受加深，这不是适得其反吗?

但我深知艺术家朋友是一个很有规划、做事严谨的人，必须观照他的内心想法，尽量遵从他的计划。何况我明白不能总是因一点小事就轻言放弃，把一个尖锐的棱角丢给对方拾取。在不失自我主见的时候更多地顺从别人，也是一种施舍，是心与外在一切融合的基本素养。

经过一个短暂的自我说服过程，4点30分，我在手机闹钟第一声还没来得及响完时，就起床装备好自己。背上简单的行囊，在黑暗中推着那辆山地车直奔而去。

出小区大门时，执夜勤的保安很迷惑地看着我和我身上的骑行装备，几度欲言又止。我来不及理会保安的迷惑，微笑着出发了。

凌晨四五点的街道上空旷而安静。天还没有彻底明亮，只有偶尔路过的清洁工人在忙碌。

我借着马路微弱的灯光，赶赴与艺术家朋友约定的会合地——西湖龙坞。这里也就成了我们实景中的出发点。

待我到达指定地点之前，远远地发现他早已整装待发地站在那里等我。

无需过多言语，趁着热切的心，上车走人。

我们穿过一个隧道，沿着狭窄而荒无人烟的留泗公路一直向西。此时，仍然只能依靠着昏黄的路灯前行。沿途已经有早起的大货车从身边鲁莽地奔过，车体带动的风吹打在我的脸上，感到一丝的恐惧。这种无明的紧张感缠绕着我，让我骑得小心谨慎。

大货车能带来我们想要的明亮灯光，同时伴随着潜在危险。我们深知，不能把希望寄托于危险的东西。

>>>从逃离城市开始

太阳在我的背后升起。

慢慢的，马路上的车流已不再熙熙攘攘。人们追赶着去办公室构筑他们的欲望。我顾不了偶尔传来的汽车催促声，一路朝西奔去。

在这个九月的尾巴上，一切从逃离城市，也逃离被社会或世俗烦恼污染着的心开始。

清晨的风和一缕缕刚刚穿越地平线的阳光，透过耳边，洒落在我运动着的双腿上，然后折射到自行车前轮钢圈边沿。时隐时现，像指引我方向的佛光。内心不免惊叹，这才是大自然生态与人类工艺最完美的结合时刻，它们总能不经意间给予我视觉之外的启示和感应，让我肃然对平时生活中看似简单的一件物品多了份敬意。

很快我们就穿过了西溪湿地公园。西溪自古就是隐逸之地，被文人视为人间净土、世外桃源。大隐隐于市的绝佳居所，类似于一个城市中的绿色氧吧。我曾在这个公园读完了克里希那穆提的《生命之书》。每读完一段文字，就现场按书里的某些指示安详地坐着，训练自己的静心冥想。

西溪尽头遇到一个早餐摊，停了下来。俩人用最大食欲度点了些食物。

平时，我有个很不好的生活习惯，经常不吃早餐。但那天，我强迫自己生硬地往嘴里塞东西，生怕能量储备不够。因为我们一路经过的不再是城市，很多时候都是前不着村后不着店的荒原。毕竟我们还无法做到对生理禁欲的真正控制。

记得有意思的是，这顿早餐让我吃了很久。一点儿也没有赶路人应有的对于时间上的紧迫感。我甚至想和旁边同在吃早餐、戴着黄色安全帽的建筑工人们聊聊天气，感受他们的苦乐，以及听听他们对这个城市的幻想。我发现，当我以一个局外人的身份去探索一件事物时，自己的心是松开的，是不带任何束缚的。往往与“我”有关联时，心就容易忧伤。

这似乎说明，人大多数时候的烦恼始于私心。

一卡在手　轻松网购

每个生命都有自己独特的舞步

人活着，是要实现自我，而不是为了依附于任何人。所以，不要去模仿与揣测他人。应如同出淤泥而不染的莲花般时常为身边的事物增添光彩。

——法顶禅师

>>>他一心执迷于目的地

每个生命都有自己独特的舞步和色彩。

当我还在早餐桌上“静心冥想”时，艺术家朋友似乎有点等不及了，不时发出强烈的催促声。在他那焦急而又迫不及待的肢体语言下，我仿佛觉得他把这趟骑行弄得像一场革命似的。某种“追寻”在操纵着他，抑或是爱情，抑或是其他“心之所盼”之物。总之，他被骑行之外的念头所控制。

而对于我，不过是尝试着换张面孔生活，在城市之外开阔的地方晒晒太阳，享受这份孤独，像一头永远在开阔的草原、灌木林或沼泽地等大自然中漫步的独居犀牛。

同时，心安之时观照下自己内心的七情六欲和真实感知。至于目的地，一切随缘而进。

但那个艺术家朋友，是有着强烈目的地意识的人，至少外在形式上表现得如此。他要去景德镇，一心想赶路，不能在路上浪费任何时间。

或许只有完成这个目标，他才觉得这是一趟完整的骑行。也或许他和其他大部分骑行者一样，之所以把骑行当一场革命计划，是为了享受征服山地和战胜自己本身。因此他第一天制定的目标是骑行200公里到安徽歙县，他必须先战胜它、征服它。

当然，无论选择什么方式，都无关对错，这只是每个人的阶段性哲学观或自在观的差异。每个人都有属于自己的体验标准和入世方式。遵循自己的想法，听随自己内心的声音就好。

生活中，我们很多的计划往往只有缘起。这次骑行也一样。

本以为我会和艺术家朋友一起同行，回过头来发现，自始至终都没有同路。他给了我动机和缘起，一切过程却不再与他有关。

我们吃过早餐，转过一些杂七杂八的立交桥路段，骑过杭州最西边的一片区域，寻找着城市出口。在还没彻底出城的时候，艺术家朋友一心执迷于目的地，选择了独自前行。

那时正路过一片绿色花园，我停下来拍照，并蹲下身子去闻那些植物的味道。几张相片摄完，发现艺术家朋友早已不见了。此后，我们再也没有碰到。

觉察心中的排斥活动也是一种禅修。一个不能在路上浪费任何时间的人，和一个总在路途中享受时间的人，自然无法同路。

特别是当我知道艺术家朋友前进的动力，是源于目的地一个正在等待他的姑娘时，终于明白，原来是一场还不太明媚的爱情迷惑住了他，让他失去了作为一个旅者应有的心境。

而此前对他猜想的一天骑行200公里是因为某些心理上的崇高

信仰或者是身体上的极限挑战等等敬佩之情，也暗淡了下来。

爱情，或许是愉悦而令人满足的，但是它不会凭空独立地出现，必须依附很多的事物或条件。那么，你会被这些事物或条件所绑捆。它总会在某段时间障碍住一个人的智慧，给你一种无形的内心力量，让你绕进某个港口。

因此你被束缚住。

然后每天期盼、想象、送花、赔笑、物质迎合、获取对方欢心。而那个对象也会有思想、情识、决断等，并不会绝对性地被我们所掌控，因此是不可预料的无底洞情绪深渊。

>>>一种生命常态

我们每个人的出生就预示了终极目的——走向死亡。在这个过程中，每给自己硬性设立一个目的，都不过是一条长长绳索上一个细小的点。

只有当自己看不透远方时，才那么拼命去奔。

城市的出口就是走完留下片区后，转到浙江通往安徽的S102省道。至此，我也开始一个人孤独前行。有时，真的仅仅是一个闪念，我们会动摇全盘计划。既然我一个人了，难道还要追随艺术家朋友的足迹?

不，我要跟随自己的节奏。

好比每次鸟鸣都有自己的振次与频率，每首音乐都有自己的调式和音高。人也一样，树木花草、山川田园、石头、蝴蝶都是如此。

那些急于赶路的人，随他们去吧。我索性第一次放慢了脚步，不想做自行车的奴隶，于是偶尔将自行车停靠在马路边的杨树上，驻足、观风景、拍照、听鸟叫。

又想起了我的出发初衷——只是离开这儿，向前走。如同从出生，就意味着必须要经历各种成长，直到最终老去。每一条小溪、河流都始终在向前流动，我也理应如此。

一个人的骑行，独立自在，完全属于自己。我享受着这种一切由自我做主的感觉。

要让独行成为一种生命常态，用属于自己的节奏一路奔放地喊叫着各种公路之歌向前：

当我决定放下所有/走上去自由的路/我要像梦一样自由/像天空一样坚强/在这曲折蜿蜒的路上/体验生命的意义

把青春献给身后那座/辉煌的都市/想带上你私奔/奔向最遥远城镇

没有什么能够阻挡/我对自由的向往

梦想在不在前方/滚动着车轮滚动着年华

……

花鸟树虫都在听我歌唱。我将喜悦情绪传递给大自然，瞬间遗忘了身体上的疲累，注意力纯粹转移到了享受本身。

这时，有三个骑着公路车的年轻男子从身边嗖地飘过。他们装扮新潮，背着双肩包、塞着耳机，用最极限的力量追求速度带给他们的刺激。偶尔甩开车龙头，双手伸向天空尖叫着做飞翔的姿势……

那张扬的青春，一如十年前的自己。

>>>居无定所，身心即是世界

自从上了省道，我就一路沿着它往西行驶，只需偶尔看看路旁的里程碑。

我没有刻意去探寻这条公路的历史。只知道它经杭州过临安，穿过山脉富饶、峡谷丛林、海拔起伏不断的浙江西部山区地带和安徽东南部，一直向西延伸。道路多为蜿蜒盘山之势，像绿山之中一条曲折的白色腰带，是江沪浙一带骑行必选的黄金之路。

在中国这样一个不太注重路途文化的国家，路，大多数时候并没有让人忆起它的精神象征，仅仅是个交通要道而已。但其实，中国辽阔的地域差异和丰富的民族特性，孕育了世界上最发达的公路文化，以及关于路的远方象征和艺术表达。

沿这条公路没走多久，经过了杭州城郊最偏远的一个小城镇——老余杭。

突然，我想起正是这个小城镇，成了无数城市青年最后的归宿选择地。仅仅是因为它房价相对便宜。而主城区的高房价还在一步步逼退着年轻一族们的生存底线。他们找不到容身之地，只能慢慢地退缩到城市边缘。

这是属于所有城市年轻人的无奈和心酸。

为了一场活着，每天要浪费至少三四个小时在上下班的路上。消费掉自身无数时间不说，还有无底洞的汽油成本，让每个年轻人还在本该青春的脸上，看到的却是满脸厌倦与疲态。

我们很多人的青春，就被埋没在了这一堆房子里，并且就算你买了房子，也不会真正属于自己。所以，身心即是世界，无论住到哪，最终我们都不过是一个漂泊的人。

有时，我喜欢前方充满未知

自然界中，蕴藏在一个人身上的力量是全新的，除了本人，谁也不知道自己能做些什么，而且，不经过尝试，甚至他本人也弄不清自己有什么本事。

——爱默生

>>>认知到退缩的根源

收拾了短暂的情绪，继续上路，从老余杭经过一个小时左右的骑行，到达了青山湖。青山湖为大型人造湖，位于杭州西郊38公里处。出发了将近五个小时，才逃离城市这么短的一点距离。看来，要以人类的力量与大自然抗衡，还显得太过渺小。

青山湖风景独特、绿树成荫、环境寂静、四面环山，正所谓“树在水中长，船在林间行，鸟在枝上鸣，人在画中行”。我甚至渴望能在这里拥有一处住所，每天面朝湖面喝茶、写作、晒太阳、浇花、阅读。偶尔参与攀岩、骑行、徒步等野外活动，在湖光山色和丰厚的人文景观中亲近自然、回归本源。

但这一切只是幻想。

身体上的苦很快就把我从这种幻想中拉了回来，并且“过往的经验”时刻跳出来怀疑现在的骑行状态，与自我坚持的信念做着斗争。它告诉我，苦行只会让你麻痹知觉，怎能从中获得开脱？另一面，我又极力抗拒这种认识，明智地告诉自己，从苦中解脱哪有这么容易？

如果不需要对任何事抱持希望，就没有任何欲求。纯粹没有欲求和目标，同样会失去节奏和动力。在我对自己的耐性还没有一个准确的认识时，曾不断地给自己设立一些短途目标，以强化自己某一阶段的前进动力。比如某个瞬间，心里暗自将骑行终点定在了青山湖。总想着，要给自己的心一个完整的交待和结束。

至于最终能走到哪里，充满未知。

我知道，这只是提前为自己不想长途前进做好的一个潜在退缩借口。

在我们的工作或生活当中，也常常如此。当我们要攻克一项任务或完成一个梦想时，往往不是给自己最大限度地打足力量，而是先预留够退缩的空间。那是一种对自己的不信赖，而这种不信赖的根源也许是懒惰。它培植着放弃和失败的种子，每当自己的意志力稍微一退让，这颗种子就萌生。

但成功的机会，只给那些懂得坚持的人。所以，我必须要克服掉自己人性里的懒惰面。

>>>让心性也充满绿意

正在我的意志力准备退让时，遇到了第一个捡我的人，他来自苏州。到达青山湖时已骑了两天。

也差不多是从青山湖路段开始，路途中骑行的人越来越多。我也总不断地被路遇的各种陌生骑友热情地捡走。由于每个人有着不同的出发点，也有着不同的目的地，更有着不同的前行节奏，所以我不得不短暂地融入他们，然后再脱离，以此循环。如同我们漫长的一生，和某些人只是在特定的一段路途中彼此相交着同行。

他们都很友好地与我打着招呼，询问我的目的地，教我一些节省体力的骑行方法。不求任何回报，最原始的人与人之间的给予。

印象最深的是一位来自舟山的独行者。在我们同行的那段路程中，他给了我满满的关于他的经历故事和骑行哲学。

说实话，我也不知道自己要去哪。没有目标，也不试图从别处寻找希望，只是让一切顺利地发生，检验一下自己的忍耐性。

继续往前走就是我此刻唯一的目标。

青山湖的下一站，是拥有“中国书画艺术之乡”“杭州后花园”等美誉的绿色生态之城——临安。它地处浙西北，东邻杭州，西接黄山，是距离上海、杭州等都市最近的山区市。新石器时代人们就在这里繁衍生息。

除开风光独特、山川迷人的地貌，临安还有着丰厚而悠久的历史文化底蕴。昭明太子、李白、白居易、苏轼、郁达夫、周恩来等众多名人墨客曾在临安留下他们的足迹。

临安的佛教文化同样源远流长，西汉佛教初传中国时就有印度僧人入天目山传教，历代高僧辈出，在东南亚尤其是日本影响深远。

湖光、山色、巨树、溶洞、峡谷、飞瀑、温泉等形成了临安独特的自然风光。因此，102省道从临安开始，仿佛变成了一条绿色观光带。山道曲折、落差较大、车辆稀少，让行走在其间的骑行者们心情豁然开朗。同时，反复曲折蜿蜒的山路也是考验一个骑行者心理承受力和耐力极限的最大阻碍。

人在这种绿意和心性之间碰撞，也许只能靠近一个。

>>>人生总会路过一些黑暗

路过田园，路过小镇，路过湖泊，路过洞隧，脚下做着麻木的机械运动。可是发现自己并没有过多的心思去欣赏这份美境，整个思维意志已被牵引到另一面痛苦感知上。

由于我是第一次长途骑行，到达岳山隧道时，已经在路上骑行了长达六七个小时。每当注意力松懈下来，身体上的疼痛就会盖过意志来找我麻烦。前面通过临安街头的某处草地时，我就曾有了想睡下来的冲动。但我强忍着劳累和心理上的退缩，只在一个小商店买了瓶纯净水，喝完又立刻上路了。

走在最干净而绿意的马路上，却没有心思体会美景，我必须得休息一会儿。

于是，在进入隧道前，找了个空地很粗暴而随意地将自行车倒在马路旁，自己一下子瘫坐在水泥路面上。此刻我才意识到，前几晚积攒在身体里的疲意，在长达几个小时的有氧运动后更加严重了。后来竟然睡着了，还做了一个梦。

这个隧道较长，没有路灯，里面漆黑一片，并且坑坑洼洼的还有些积水。一阵莫名的恐惧感油然而生，犹豫着迟迟不敢进入。

这时，我发现前面同样有三四名骑行者，他们一直停留在隧道口，并不急于前进。我努力微笑着和他们打招呼，问他们怎么不走。其中一个说："我们没有灯不敢盲目进去，先等别人过过看。"

原来他们是在观察，在对某件事情不足够信任或有掌握时，先等待别人去试验。

是的，人生总会路过一些黑暗，靠自然光是无法前行的。后来我们依靠着偶尔路过的汽车灯光，在无明的黑暗和冰冷的隧道滴水声中结伴摸索着走过。

隧道的另一头，是一段让人无比享受的长下坡路段。也许大自然是在良苦用心地让现实物景来启发我们：只有经历过黑暗和恐怖，才能收获享受和光明。

而这一趟向西奔行，将穿过无数的黑暗、光明、绿境、诗意，是用身体和青春敬畏自然。

那些遥远的故事，总是讲不完

追随你的命运，灌浇你的花草，疼爱你的玫瑰。别的都是在属于别人的树荫下。

—— 费尔南多·佩索亚

>>>着迷于那片金黄色

到达藻溪镇时，太阳已快跑过我的头顶。

我孤身奋战地骑行在公路上，总有迎面相遇的反向骑行者隔很远就冲我大声喊加油，于是疲惫的心会瞬间被融化。

但我不知道能对他们说点什么，每次都是微笑着点点头，然后像个孤独的孩子一样默默前进。偶尔会和不同的骑行者交叉、同行、再脱离，彼此并不打探过多。

不知道什么原因，我总是对那些金黄色的稻田充满好感，甚至着迷。每路过一片，都不由自主地将自行车扔在马路上，停留下来。久久地观望、拍照，有时还走到它们的中间去抓起一把放到嘴边，感受它们新鲜而成熟的气息。特别是每当我把自己的身体埋入稻田之中，看到它们的一生只有充满生机的绿色和代表成熟的金黄时，会瞬间击起感官上的敬畏和哲学上的思考。

想起父母，他们每天在田地里忙碌，每天亲近大地，用双手在土地上工作，是对土地有着深层依赖和特殊理解的“哲学家”。土地是他们唯一的生存之源和希望渴求。

我也喜欢和田地里的农民聊天，只有在他们面前，我才显得不那么自闭。他们会传递给我久违的真诚和最淳朴的关怀。远处有正在准备收割的人群和拖拉机，这对他们是一个丰收的季节。

我走过去，融入他们之中。一个农妇很主动地和我聊起了她的儿子。她说：“他跟你一样大，在城市一个工厂上班，去年不小心被机械绞断了一只手。”

我说："后来呢？"

她沉默了一会儿，说："后来就被单位辞退了。"

>>>少年时期的境遇

我的记忆库里储存着很多对田地的回忆，一旦触碰到相同的景物，它们就被击醒，重新活跃起来。我们的一生中，有太多这样的记忆，并不断累积，没有人知道我们的记忆库容量到底有多大，每一个记忆因子对人的行为意识又有多大的左右力量。身心灵导师胡因梦也曾在她的书里追问过一个人的童年经验到底对人的一生有多大的影响，但这些无形的意识次元很难拿到现实层面来科学分析和理性解构，所以无法获得具体的数值或真相。

总之，我就是被父母放在田头长大的。

他们一边劳作，一边让我独自在田埂玩耍。遇上天气冷时，他们在田头生起一个大大的火堆，并挖来一些土豆放在火堆里烧熟。

过去，土豆和玉米是我们土家人的主食。

只有家庭特别富裕的小孩子能够吃得上大米，大部分家庭并没有钱买。后来，一些平原地带的商人慢慢发现了一个办法，每到土豆成熟的季节，他们就用货车拉着大米让农民拿土豆来交换。八九斤土豆换一斤大米。

那时村里并没有公路，人们要把土豆背到很远很远的地方。然后换回大米又背回家。于是每年夏天一到暑假，我就开始帮父母们背土豆去换大米。劳累和营养不良压缩着我正在发育的身体，但心灵上的空白和环境上的贫瘠让我并没有过多的怨恨，反而会因换回了大米而喜悦。

所以直到今天，我最喜爱的食物还是土豆。

妈妈的声音总在我最脆弱时出现："广，你要好好读书，将来去远方……"

那时，远方对我还并不具备任何象征寓意，仅仅是我们渴望改善生活的唯一方式。如同非洲球员踢球的最初动力一样。

因此，儿时哪怕是看到一名长途货车司机，都对他们充满艳羡。

初中毕业，从此离开了家乡。我成了村里唯一还在继续读书的人，去了外面的城市，开启了另一种人生，也成了他们眼里唯一的文化人。

关于那些遥远的故事，我总是讲不完。但每个人的生命，只有自己去体会冷暖，自己去孤独地远行。当然，我感恩这些少年时期的所有境遇和记忆细胞，它们是促成我人生成长和蜕变的养分。

>>>相同的内心渴望

又是一个多小时艰苦的骑行，我到达了一个无名小村庄。

很多农民将丰收的粮食晒在马路两旁。让人心生恐惧的黑色大狗在烈日下追赶着路人狂叫。偶尔能看到一些外国背包客在向当地农民打探路情或是寻找住宿。

此时，太阳已彻底地跑到了我的前面。而早上出发时，太阳还远远地在我身后没有升起。我盲目着向前，早已分不清中间路过了些什么地方。

不过到达於潜镇时倒是记清楚了，因为这个名字比较特别。第一反应是这个地方常年有泥石流。也因为实在忍受不住饥饿，沿途都在寻找一家可以吃饭的餐馆，注意力集中在探索每一个希望。

这时，身体早已开始酸痛，汗水布满整个脸颊。骑行服的表面甚至已露出一层浅浅的白色粉粒——身体里流出的盐分累积。

终于在一个拐弯处碰到一家简易小卖铺，冲进去泡了碗方便面充饥，然后麻木地瘫坐在那里。如果继续在路上，我也许还能坚持，可是人一旦在某个极限处放松下来，整个意志会在突然间垮掉。

缓过了一阵，身体在慢慢恢复希望。一个声音在潜意识中催促我：不要停止，继续前行。那是基于内心的一种自觉，我已能感受到内心深处的这种变化。

我走到店门口扶起自行车，远远看到一个十一二岁的小男孩微笑着向我奔来。从他的眼神里，我看到了好奇和某种向往。如同自己小时候羡慕那些货车司机能去远方时的表情。

他站在自行车前不说话，很羞涩又很有礼貌地微笑着。我主动拉着他站在车前和我合拍了一张相片。

不料小男孩却跑进屋子拿出一个红薯送给我。顿时有几分感动，虽然他依旧羞涩着没有说话。当我骑出去很远时回头，发现小男孩还站在原地，眼巴巴地盯着我离去的方向。

我再次向他挥手。迎着风，仿佛看到了我那遥远的成长。也许，每个人的童年都有着相同的远方渴望。在他小小的心里，同样种植着一片希望的田野。

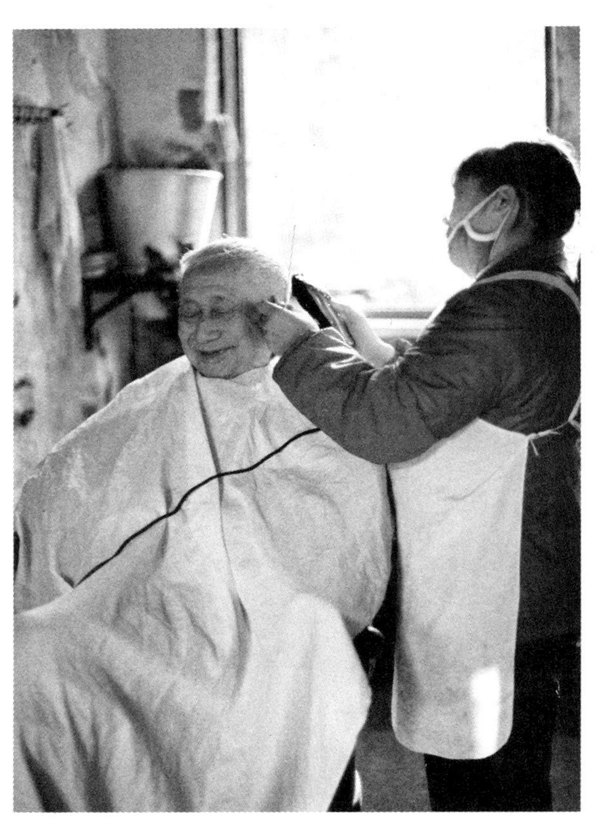

在最得意时摔倒，对太阳失望

最好的出路永远是朝前走完全程。

——罗伯特·弗罗斯特

>>>接受优美的意外

蓄满了能量，接下来需要做的就是把所有的力气都洒在路上。

加速利用惯性上冲的方法翻过一座又一座的上坡，飘过一个又一个美丽的乡村弯道。正当我塞着耳机，得意忘形地单手握车龙头跟着音乐节拍一路飞扬之时，车头陡然一摇摆，我没来得及抓住，车身旋即在马路中间来了个360度急转弯。

我摔倒了。

如同电影里那些年轻人的技术表演——在加速前行的奔流中，戛然而止，突然提起车头一个转身跳跃。

我整个人横着飞了出去，倒躺在空空的水泥公路上。耳机、背包、相机、自行车散落一地，除了摔掉的相机保护镜碎片将我的胳膊划得鲜血直流外，膝盖上也摔青了一大片。

此刻远方正有一辆农用卡车急速驶来，我顾不了身体上的疼痛，慌张地将物品捡回，然后自己狼狈地爬到马路边上坐着。

同时，我似乎听到了远处一个乡村候车站传来的嘲笑声。

前面说过，人都有旁观者心理，当他们以局外人身份出现时，心是放松的。仿佛他们对于在公路上这样的摔倒故事习以为常，或许每天都在他们眼前发生。对于他们来说，这是一群离他们遥远的、闲来无事的年轻人在玩弄时间和生命，摔倒是对这些年轻人最好的教训，反正一切与“我”无关。

我没有携带任何户外必备药品，就那样趴坐在马路边，任由身上鲜血直流，将一切心理状态放下，让一切自然而然地发生着。

偶尔撕掉几片大的树叶擦拭伤口。我知道给予伤口过分的重视只会让心理承受力和意志力自我削弱。这时一个开着白色奥迪车挂苏A牌照的女车主路过给了我一盒牙膏，她说敷在伤口上可以止血。虽然只是路途中的匆匆一遇，碍于羞涩没能留下她的名字和信息，但人性的本能善良却感化着我。

休息片刻，还得继续前进。

站起身，身体上的劳累和疼痛已经强烈地抢占着我的思维注意力。我推着自行车步行了很长一段路程，才又重新投入骑行。想起从出发到现在，在路上已过了十个小时，可从里程上来看，还没有走出去多远。虽然我并不是一个执着于赶路的人，但当我亲身应验后才发现，那些总说自己一个小时能骑二三十公里的人，也许都是躲在办公室里的幻想。或者根本就不是长途骑行。

浙西的道路不但曲折蜿蜒，还全是顺着山脉高低起伏不断，一会上坡一会下坡地反复变幻，挑战着人们最大的心理耐性，牵引着我们的心性和情绪随之变化多端，没有定性。很多人在这种没完没了的高低变幻中，变得异常情绪化，滋长着暴躁，让人无法冷静。但，这就是此刻最真实的自己。我们只能接纳这个事实，正视这个自己。

>>>让光芒正常散开

早已落在了太阳后面。整个下午，我都在像夸父一样追赶着太阳。

在有些路段，可能很长很长的时间碰不到一户人家、一辆车或一个骑行的人。正当自己以为一切变得寂静时，他们又蜂拥而至。不停地从身后赶超过来，彼此叫唤一声，然后目送他们远去。

我坚守着自己独有的节奏。

十个小时的骑行让我的体力已明显下降，更何况我还摔跤附带着腿伤。每路过一段上坡路就要将车子停靠在路边，蹲在山坡上休息一阵。

有时会听几首歌；有时会专注于看一看过往的车辆；有时会帮助从山间劳作而归的农民们将板车推过山坡；有时会从背包里拿出一张张白色的纸片，随性记录一些只有自己看得懂的文字。只有在这时，我才表现得像一个时刻在做着心灵记录的旅行家或写作者。

每当我拿着一堆白色纸片蹲在路边写作时，总有一些过路者投来好奇的目光。当然，我并不在意这一切。然后将满满记痕的一叠硬纸片像书一样装订起来存放。我热爱这种比印刷品更原始、更具有独一性和私有性的文本。

不光在公路上，在火车上我也喜欢如此记录。长长的旅途中，一个人趴在卧铺上，忘掉时间的追赶，独自清净。

行走是属于每个人自有的方式，用私有的方式探索自己热爱的光明。

我甚至偶尔还会将相机架在远远的山坡上，给自己来几张自拍。有些路过的群众误以为我在做着某种试验或道路勘测。其实只是想将自己与自然融为一体，这是独一无二的时刻。

又路过一个小镇，它有着能让我记住一辈子并充满虔诚向往的名字——太阳镇。

太阳在我们每个人的生命中，是一个非常圆满的寓意。早上从东方升起，日落西方，暗合着每个生命体一生的轨迹。

曾无数次幻想将来要逃离地球，去一个叫太阳的地方定居。这种在现实物景中的涅槃能让人短暂地处于一个静止并超脱的状态。一直追逐着太阳，原来地球上还真隐藏着一个太阳镇。它坐落在浙西天目山脚下，因距此南30公里处的浪山上有一种在太阳光照射下能放出亮光的石头，人们称之为“太阳石”，镇名因此石而得。

幻想终究只存在于想象中。

如同我到达的此刻，太阳镇并没有太阳，乌云遮蔽着一切。马路上尘土飞扬，长长的货车带过浓烈的噪音，穷苦的农民正在田间辛苦地开着收割机。而我的耳机里也正好迎合此景，播放着Pink Floyd那张著名唱片《月之阴缺面》。

这个太阳镇，真的是我向往并幻想的吗？也许，唯一的美感来自于距离。所以我放弃了在太阳镇居住一晚的冲动，不想再去打探和了解。就让我对太阳镇这种朦胧而未知的美好幻想停留在距离上吧。

或许，太阳镇真的是一个美好的小镇，只是它没有我想要的光芒。我们不能以自我主观去先入为主地否定或轻视掉任何事物。对任何物体失望，是源于我们心理的不完美。

那颗要出行的种子再次发芽

生由死而来。麦子为了萌芽，它的种子必须要死了才行。

——甘地

>>>一切境遇自然地发生

“花谢的时候已没有力量，飘落的树叶像你的脸庞，我不愿看到你枯萎的模样，我只想看到你眼里的倔强，抬眼望去那大雁飞过，忙碌的它们要飞向南方，我看着他们总有自己方向，明天的我他又是在何方。”耳机里已从Pink Floyd放到了西北民谣，那首来自布衣乐队的《秋天》。我一边用力蹬踏，一边跟着费劲地哼唱。

全身酸痛，双脚触在地上似乎已失去知觉，屁股也早已磨破了几层皮。过往经验告诉我，只要在路上坚持着不停，它就不会太过疼痛。一旦松懈下来，心垮掉了，然后身体上的疼痛会更加牵引住我的注意力。

在某个时刻，我甚至想扔掉所有东西，包括背包和相机。是啊，我们总在远行时带过多的东西，其实负重都是自找的。

在不同的挡位变换和拼尽全力地蹬踏中，爬完一段长长的上坡路段，气喘吁吁地躺在最顶端一块石头上休息，等待着接下来的下坡享受。可是这一躺下，尽然在很短的时间里又睡着了，而且还做了一个杂乱冗长的怪梦，梦见自己在一片沼泽湿地上怎么也站不稳，腿陷进了泥里，越动就越陷越深，旁边一个留着脏辫儿的年轻女孩在沼泽里洗手。她看了我很久，想扶我又有些羞涩，最终转身离去，孤独地留下我一个人在那挣扎……

醒来，立即拿出随身携带的白色纸片，在上面随性记录一些句子。记录，是我沿路一直没有停止过的事。

收拾好纸片和笔物，远远地看到后面来了一整个骑行队。他们路过我身边时，其中一个领骑者冲我大声喊道："最艰难的上坡路都走完了，你还在这休息？前面都是下坡了。”

还没等我来得及回答，他们已飞奔在下坡路段。

或许，按叔本华哲学论，我一定是个彻底的悲观主义者。总是将最艰苦的时光度完，将苦的东西先征服掉，轮到享受轻松愉悦时，却迟迟不肯或有些舍不得去碰。一直想将即将到来的那段美好留到下一次。

可有些东西就在这个过程中流逝掉了。最好的办法也许就是让一切境遇自然地发生。我们不去改变它的规律性，也不抵触它。

不懂得享受当下，或许就永远再也没有当下。如同小时候，老家附近的山上有一棵很大的樱桃树，每年它都会结满厚厚的一树樱桃，颗粒又大又红。待到成熟的季节，父母们都舍不得吃，总是站在远处看一看，然后想着留给我们放假回家再去摘了吃。可是，就在我们放假前一天，突然一夜大风夹杂着雷电雨袭来，所有的樱桃一夜之间全掉落在泥土上，就连那棵高大健硕的樱桃树也被齐腰截断。

面对此境，父母们追悔莫及，无数次地感叹：“早知道这样，提前给你们摘下来存着就好了……”可是，我们的人生中，有多少早知道？

>>>你问过自己吗

此后每次继续上路，我还是继承着我的悲观主义，习惯于将起点放在一段上坡的终点。这样，每次起程都能感受片刻的美好惬意和希望。

经过一个又一个安详的村庄，赶在太阳落山前，终于到达了昌化镇。此时却没有任何征兆地来了一场大雨。

如果不想再继续前行，这里和青山湖一样，是另一个在我心里预设好的终点。因为它是浙西很重要的一个交通枢纽和旅游聚散地，杭徽公路横贯东西，从此地返杭相对比较方便。

我被这阵大雨淋醒了，准备在昌化镇结束整个行程。

一想到返程，又有些沮丧，心想辛辛苦苦地沿着山脉奔波了一天的路程，从高速坐汽车一下子就被超越。

我在雨中以最快的速度向前骑去，试图找个旅馆停留下来。穿过整个昌化街道，也没有发现一家适合的旅店。长达十几个小时的骑行，身体早已坚持不住。

可是当我想着结束时，心情反而轻松了起来，身体上的痛感也随即消失。或许，当筋疲力尽地期待着结束一件事时，情绪点会陡然冲到一个新高。

莫名中又点燃了新的期望。

于是我不想再多犹豫，先随便找家餐馆吃饱肚子再说。坐进一家小餐馆，自行车和背包依然随意地扔在大门外，顾不了那么多。旁边桌子上坐着三个从徽杭古道徒步回来的女孩，晒得黑黑的。在这种场合，看彼此的装扮就能轻易分辨出来。

她们主动和我闲聊了几句，亲切地问候了一些路途中的情况。缓和了下，我让餐馆老板给我炒了两个刻意加辣的重口菜吃了起来，以补充能量和白天随汗液流失的盐分。

还没吃完时，三个徒步女孩就走了。我一边吃一边向老板打听周边旅馆和返回杭州的车次情况。老板是个重庆人，他并不熟识这一切。他随口问了句：“你们这样骑行有什么意义吗？”

>>>念头是随时萌芽的种子

餐馆老板的话激起了我对这次骑行的重新思考。

美国著名谈话类主持人奥普拉说：“我们所做的每个错误决定，都是因为没有倾听内心的声音。如果心里感觉不对，就不要做。”

那我，真的就这样结束了吗?

虽然身体上一直在拒绝前进，但才出来坚持一天就放弃，心里多少还有一些不甘。也许，我需要更多地去面对自己。

正当我在心里纠结时，餐馆冲进来一个年轻人。我一眼便看出了这个年轻人也是一个骑行者，他同样也认出了我。由于我们特殊的骑行装扮，在人群中很容易辨识。而且人都有一个惯性意识，当我们在做着某项事情时，总会无意中去寻找我们的同类，并表现出多于常人的一份亲近。这也是沿途总会遇到热情的骑友要捡走我的原因。

他和我一样，将自行车和行李随意扔在餐馆门口，急匆匆地跑进来找饭吃。在那同一家餐馆，我们点了一样的菜，喝了一样的东西。

谁也没有主动先开口说话。

直到他吃完买单时对老板说：“把旁边这桌一起买了。”并顺手指了指我桌上。我立马阻止，于是就在这份客气之间，打开了彼此的话匣。

他叫阿lee，来自上海。我也不知道他真实名字叫什么。这次脱下西装出来骑行，是带着全单位人的梦想，似乎冥冥中有一种任重道远的使命感。因此他每到一站都做很详细的攻略记录，以带回去给那些整日宅在办公室里的人看。

这是我在路上碰到的第一个和我一样喜欢随时做记录的人。

骑到昌化时已经是他行程的第二天。第一天他从上海骑到杭州，第二天从杭州出发骑到了昌化。并且他设计了环形路线：上海—杭州—临安—黄山—宏村—千岛湖—杭州—上海。

在骑行路上我们的心理总是会随着现实情况的发生而反复变化。他也因为遇见下雨，也因为一整天的独自骑行身心疲惫，走到昌化时有了放弃的念头。

源于几乎相同的遭遇，我们在此遇见。

也许是工作性质或职业特征所致，他说话总显得彬彬有礼，亲切地称我为兄弟。他并没有过多地打探我现实中的一切，这是路途中相遇的一种纯粹，也更多了一份自在。因为我们不用背负过多的现实层面，彼此之间仅仅是一个驴友。

我喜欢这种纯粹，也喜欢将自己隐于陌生群体之间的感觉。如果不是他主动说，我也并不会去关心他的身份、工作和现实一面。

我们要走的路，有着太多的不确定。

“心无时无刻不在产生各种念头。它没有目的，也没有方向，没有过去，也没有未来。心与事物碰撞产生第一个念头，之后是念头产生念头。”不太记得是哪本书里说过的话，此刻却有了真实的感受。“他人的一句劝诫、自己的一个闪念，都时刻在改变着我们心里的走向。”

路遇新的伙伴，让彼此心理上又多了一丝动力。那个要出走的心念，像一颗要生长的种子，又插在了我心里。

于是，在遇到阿 lee后，我决定坚持骑下去。和他一样，一路骑到宏村。

我们简单地商量了下同行计划，然后又向周围人打听了去往下一站的路途距离。得知昌化离龙岗只有15公里左右时，决定再坚持一把，骑到龙岗住宿。

待我们重新上路时才发现，大自然总会预留一份特定的惊喜给那些勤劳而坚持亲近它的人。这时雨也停了，临近黄昏的天空，是一片红色的彩霞，这是特属于在路上的人们才能观赏到的美景。

我也在这段黄昏中，重新拾起了那份初发心。离开这儿，继续往前走，我的眼里依然还有倔强。

日落之后，我的天空染上色彩

我永远得不到足够的热量，所以我燃烧，因冷而烧成灰烬。

——　卡夫卡

>>>结束是另一种开始

落日金色的光线搭配着红色的云朵，映衬在每个人的身上。

我和阿lee一路在黄昏的红色彩霞中向龙岗奔去。太阳已掉落到快要与公路平行，远远望去像是前方树上结着的一个成熟金瓜。日常生活中的我们往往荒废了大自然赋予的这份神秘。

至少，我是第一次这样正视日落。

中途太过迷恋这样的景色，两次停下来拍照。并且它让我想起了印度诗人泰戈尔的诗句：他日飘进我生命的浮云，不再带来雨滴或暴风雨。而只会为我落日的天空染上色彩。

我又暂时忘掉了身体上的疼痛，新的期待正在灌注我全身。阿lee比我骑行经验更丰富，上坡路段常常比我骑得快，但他明白驴友同行其实是路途中的一种相互帮助，并不是一切以自我为中心，只顾自己前行，也不是盲目地比拼速度。

我感动于他的真诚和友好，但我坚决不能让自己成为别人的累赘。

世间万物，无论制造得多么完美，它都会慢慢离开我们。

彩霞被渐渐黑暗的天色淹没，落日彻底不见了。忘却的疼痛只是暂时的，每遇一个坡点都在唤醒身体的劳累。而且一整天的骑行，让我仅用最后的一点新鲜感支撑着赶路。对意志力的探索，引领我回归对身体劳累的重视与观察。

真的走不动了。

公路周围的狗叫声击起我的恐惧感，生怕它们会不经意地从哪个黑暗中蹦出来追赶我。直到终于抵达了龙岗镇街道，心才松懈了下来。

总算看到了一天结束的希望。这时天早已彻底黑了，偏僻的小镇街道上并没有什么人。偶尔的几家酒店都被去浙西大峡谷的旅行团给占满了，不过我们还是快速在一个很不显眼的街道角落找到一家有空房间的小旅馆，70块一个房间。

当然，对小城镇的住宿条件不能有太多的挑剔，而且穷游也要懂得适应一切环境。

我们将背包、自行车等行李放在简陋的旅馆。脱掉骑行服和帽子，顿时感觉到一种解脱。本以为至少可以有热水冲个澡，最后也失望了，只能强挺着用冷水冲洗沾满汗液的身体。阿 lee不但用冷水洗完澡，还用冷水洗衣服，一看就是个勤劳持家型的男人。我早已懒得动，躺在旅馆的床上一遍一遍翻看相机里的沿途记录。待他忙活结束，我们相约着去街上吃宵夜。走到楼梯口，又碰到旅馆住进来两个看上去很稚嫩的骑行者。

老板将他们的自行车和我们的放在一起。

随意地问候了几句，得知他们是来自杭州下沙大学城的大二学生，准备骑车去浙西大峡谷。按当天出发点来算，他们至少比我们多骑行了20公里。我在感叹他们青春勇气的同时，想到了自己那遥远的大二时期。一个自卑、孤独而迷惘的成长期，一个躲在自己的世界与世隔绝的时期，一个靠收音机和足球陪伴自己的时期。

我本想请这两个大学生和我们一起去吃宵夜，但转眼就不见了他们的身影。每次在外旅行，只要遇上同行的有学生群体一起吃饭，我都不会让他们分摊任何费用，并不是因为富有，而是和他们比起来，我至少花的是自己的钱。

夜晚的龙岗街道很冷清。走遍了整条街才寻找到一家饭店，并且我们是唯一的一桌顾客。常年在外旅行被宰的经历让我无论在做什么时总是很谨慎。哪怕老板给出的菜单上明码标价，还是先详细地向老板再三确认了才敢下单。

阿lee满腔热情地点了个鱼火锅，以及几个炒肉和一盘花生米。我不好意思拒绝，于是就随他了。其实私底下，我是不吃鱼或海鲜类食物的，而且我曾经做过很长时间的素食者，后来因为身体上的种种原因没能延续下去。

未来，我还是可能会选择素食。

那天，阿lee喝了很多酒。他说，从来没有这么爽快过，平时都是为了交际或应酬，只有那天才纯粹是因为酒和自己本身，也只有在路上时他才能这样放松。

回到旅馆，这一天的行程就这样结束了。算上从家里去找艺术家朋友，以及骑出城区的距离，我第一天骑行了140多公里。但这不是终点，新的历程又在等待着我们。

落日每天都在发生，我们也每天需要新的出发，和升起新的感知。

>>>属于年轻的公路之歌

在龙岗旅馆的那一晚，即使隔壁房间麻将声吵翻天，我依然睡得很安详，甚至劳累得连梦都懒得做。

醒来时，阳光已从窗外照射到旅馆并不干净的墙上。迟迟地不愿起床，一直到八九点，我才站起身，透过旅馆窗外的阳光，看到白色的云朵和绿色的大山。它们相互干净着不干扰彼此。

又是一个晴空万里，瞬间精神饱满地撕开了新的一天。

这时，我才发现阿 lee早已收拾好行李，随时等待着出发。而且他还一边不停地翻看着手机里的沿途相片，一边得意地说："我们现在所做的一切，虽然很辛苦，若等到六十岁再来回忆，会充满敬畏和感动。"

我坐在床沿系着那双早已有些残破的球鞋，使劲地点着头。

出旅馆，取自行车时听老板说"昨晚那两个大学生骑行者清晨六点就出发了"。我暗自赞叹他们的坚持与毅力。所以说，艰苦的旅行是最能培养人内在自觉的方式。在旅馆楼下，我们吃过早餐，买了备用水背上，跨上自行车走了。

一路上，不断地有背包客和徒步者经过。我们彼此微笑着点下头，再不说过多的话。语言成了多余，大家都心知肚明，彼此理解对方的世界。

蓝色的卡车停在街道两旁，高大的梧桐树在公路上印下深深的阴影。我逆向着它们飞奔而过。将相机藏了起来，想更多地用眼睛去观察大地。少了一份刻意记录，让一切只在体验里。从出发时，我就大把大把地吃进阳光和新鲜空气，并且将阿lee远远地甩在了身后，想就这样一路孤独地前行下去。

我还是时常会不自觉地热爱自闭和孤僻。

幸好自己年轻的身体总是能从一夜安睡中恢复如初，犹如我那充了一夜电的MP3。路过一段像从岩山缝隙中劈开的公路，我远远地看到落在后面的阿 lee停在那里拍照。

我没有停下来等他，而是一意孤行着向前，并对着大山再次喊唱着各种歌曲。开始后悔没有背上一把吉他和一个手鼓。要不然，随便找个路口就可以叫上一群徒步的户外客，一起歌唱真正属于年轻的公路之歌。

去他妈的盲目追赶速度，去他妈的为了减轻重量而轻装出发。如果可以，我要带上所有的家当在路上。而我们真正需要减轻的，是心理上的负重，并非物质上的简单割舍。

有句网络流行语叫：“如果不阅读，行万里路也不过是个邮差。”同样，在骑行中，如果不能将当下心境与即刻自然风景融合起来，并用心去感知它、向往它。那骑万里路，也不过是磨坏几条轮胎。

至少，我不想放弃路过的每一片金黄色的稻田、每一片山川、每一个有缘之人、每一声热诚的招呼、每一种鸟叫、每一条溪流中奔流着的瀑布、每一片云朵漫过山头……它们都能在我心底击起某种轻微的回响，这是我与大自然之间的元次共鸣。

它不在相机里。它，在路上，在灵魂深处。

每当那成熟的稻谷清香飘到我的身前，我都会为它们而驻足停下。像《关于莉莉周的一切》中那个拿着CD唱机的少年一样，孤独地站在稻穗中间听着音乐，让自己心灵深处那些最软弱最自卑的懦性，找到一个属于它们的安全角落存放着。

阿 lee也时而像个孩子般惊叫着，并热爱在稻田边拍照。

他说小时候他也曾在稻田里长大，那时要帮父母们插秧，光着脚卷起裤腿站在水里，总渴望着早日插完，但每到天黑还看不到田间的尽头。

也许，每个人的记忆里都填满了各种成长，都有着那些翻越不过去的少年感伤。只是在他如今的脸上，似乎已看不到那些过去。因为他明白，自己早已成为男人，身上有着新的责任和担当。

两个男人的同行，沉默是大多数。即使在相同的轨迹行进，脑海里却装着各自的大千世界。流水不知道船的心事。我们就这样在一会他上前一会我上前的交叉行进中，骑过一座又一座山。想赶在日落之前，那些为了粮食的奔波就让它掉落在路上吧，做一个真正的净身。

年轻的人们都向往远方

我们要做的只是让自己在路上，至于路上会碰到什么好玩的事情，就要看老天爷了。

——凯鲁亚克

>>>遇到别人的故事和经历

从临安往西，要路过无数个小镇。我最讨厌路过小乡镇，人杂车乱，还家家户户放养条狗在公路上。有时，那些狗会一路狂叫着追赶自行车跑很久，让我们将未知的恐惧感一直背负在身上，常常不自觉地回头观察身后，甚至会在心里产生恐慌联想。

但穿过清凉峰镇后，这一切不复存在。唯一可做的就是一直在村庄或森林中穿行，不停地上坡再下坡。有时是宽敞的坦途，有时是狭窄的村庄，有时是陡峭的上坡，有时是破旧的桥洞。它们极端地耗费着每一个骑手的体能，和勾引内在的怨恨心。

骑行的途中，我总期待着下坡路段，延伸着的潜在需求是一种对享受的渴望。其实，有下坡就意味着有上坡，它们总是相对成立的关系。如同我们生活中的苦与甜、黑与光。它们从来不会单独地存在于某一面。

清凉峰镇是临安市境内最后一个小镇，地处浙皖交界处。我们飞快地穿过镇街道，在各种三轮车和载满客的巴士间穿梭。转过两个90度的弯道，我停在一家由孤寡老人照看的小商铺前买饮料。临走前，看那老者较可怜，还刻意多给了她五块钱。

走出商店，看到两个年轻骑行者从身前的公路上飒然飘过。本欲向他们打听下骑行路线，可待我反应过来时，只能远远地看着他们的背影和驮在自行车后架上的大帐篷袋。

我开始追赶他们。

就在我以极限的速度踩着脚踏板时，脑海中浮现的却始终是第一天在路上的所有画面——那些不断与我打着招呼的所有热情的面孔。他们像胶片般地从我眼前一张张闪过，变得清晰，再定格。这种强迫性记忆复新，是由身体的某个动作不经意间唤醒的大脑印象。

印象最深的是，在我暗自将目标定在青山湖并成功抵达后犹豫着要不要继续时，用他的旅行观感染着我前进并同行了一段的那个舟山骑友——我正升起了想要放弃的念头时，他从身后追赶了上来。当时他穿着一件白色的骑行服，在还离我很远的地方就热情而大声地打着招呼。似乎他也独自骑行了太久，遇见我这么一个同是独自骑行的人，瞬间看到了不再孤独的希望。

他说，他是辞职出来骑行的。每年他都至少要出去长途骑行两次，土耳其、西班牙、巴西、印度、尼泊尔等国家，以及非洲大陆、欧洲都去过，即几乎跑遍了世界各地。然后边打工边骑行，体验不同的人类文化和生活方式。

我问他最大的梦想是什么。

他说，是开一家全球性的青年旅社，然后成立一个旅行基金，专门用来资助那些在旅途中受困的人。同时，待他在陆地上骑行完各大洲以后，他还想开着一艘小船环海岸线旅行，就从舟山开始。

这在很多人看来是多么不切实际的一个梦想，可他正在一步一个脚印地走着。也许，这种走着本身就是一种梦想。

“当你一个人身处异地时，你看到的一切，和你在熟识的群体中看到的视角完全不同。那时，你是另一张面孔。人生就是用来体验和感知世界赋予我们的一切。”和舟山骑友同行的那一段，我成了一个纯粹的倾听者。

他继续说着：“工作时，你仅仅是一个人，但骑行时，你就是整个世界。你不停地遇到各种人，遇到他们的故事和经历，并试着融入和接纳他们。在这个过程中，你唯一需要做的，就是改变自己、剥夺自己旧有的世界观和认识。只有这样，你才能接收新的一切。所以，那句话是对的，骑行时你不仅重新认识了自己，也重新认识了大地。”

我想，他一定是个生活阅历和感知世界丰富的人。在他那并不成熟的面孔背后到底隐藏着怎样波折的内心故事呢?

与我不同的是，他成了一个开阔性的游历者，我成了一个沉默着走自己路的人。一切只写在时间和心里。后来，因为不同路而分开。一直到分开的岔路口，他还似乎有很多话没有说完：“骑行，好像每个人的生活哲学。有的人在意马拉松式的长途奔跑，有人的在意速度型的短暂燃烧。你选择什么样的方式去面对，完全在于你自己。”

>>>直视我们所惧怕的事物

在我的奋力追赶下，并没有用太久的时间就追上了那两个年轻骑行者。

一看他们就是负载过重。背着大大的行囊、相机、水壶和帐篷等。穿着早已湿透的T恤、迷彩裤和户外徒步鞋。两辆自行车在他们行李架上堆满的各种杂物映衬下显得格外破旧。

他们同样是两名大学生，宁波人。其中一个学摄影专业，背着一个大大的尼康单反相机。这已经是他们长途骑行的第三天。第一天从宁波骑到嘉兴，第二天骑到了太阳镇，第三天还未知，天黑时能骑到哪就准备在哪扎帐篷住下。三天的骑行已经到了他们体力和耐性能忍受的极限，所以他们沿途想得最多的就是放弃。

他们也不明白这样骑行下去到底有何意义，最初的出发只是想打探一下新鲜好奇。可真正上路后，感觉一路都是强迫性地让自己向前，无从逃避地面对自己的懦弱，给“自在”套上了一层枷锁。

从他们稚嫩的脸上很容易就看到了浓重抱怨情绪和孩子式的性格。我追赶上他俩时，他们相互之间还在吵架，原因仅仅是其中一个嫌弃另一个走得太慢，拖了他的后腿。

据说，他们就是在这种争吵中一路走过来的，有时甚至想将自行车停在路边相互打一架。

好在彼此都不记恨，总是三分钟热度，争吵完依然继续同行。我在关怀他们的同时，又不免为这种青春式的纯真感到好笑。

也许若干年以后，当他们各奔东西在各自的生活里打拼，偶尔回想起曾一路争吵着同行的那个兄弟时，也会为年轻时的行为感到好笑并充满怀念吧。

遇上这两个宁波学生后，我们开始了四个人的同行。队伍似乎越来越庞大，浩浩荡荡地路过每一个村庄和人群。

以一个群体前进时，会莫名地分散自己的注意力，这样会减轻身体上的劳累感受。同时也会失去一部分自我，懂得接受别人的意见。

那两个宁波学生根本走不动，恨不得在每一个上坡点都休息。

清凉峰路段走完，将翻越整个102省道最艰难的一个长上坡点路段，据说长达10公里。这让很多人一听就想放弃。两个宁波学生自不用说，就连阿 lee也做好了搭车走完这一段的心理准备。

但我不想莫名地被他人的危言所吓倒。

没亲自经历过10公里的上坡，怎么知道会无比艰难？是的，想象永远比现实恐怖，美国二战时期知名大将麦克阿瑟用他在战难中的亲身经历告诉过人们这句真理。很多时候，我们都是被自己的想象和预设的困难所吓倒，是自己的心志先打败了自己。总是提前根据自己对恐怖的判断来做出最终决策。

每一个骑行者在跨上自行车时，其实就是一场修行。而对于修行者而言，要面对和忍受的东西很多——自然界的寒热、生理上的饥饿负重、意志上坚挺与退缩等等。

勇敢地面对我们所惧怕的事物，永远是解决问题最简单的方法。

>>>接纳行走和活着的全部

上坡路段还没走出多远，两个心志并不牢固的宁波大学生选择了退缩掉队。

两人又开始争吵了起来。他们将车子扔在马路旁，坐在一片稻田边生彼此的闷气，彼此都觉得对方是神经病，不可理喻。

对两学生规劝无效后，阿 lee有些等不及，加之他体力最好，从这里开始他选择了独自先行。我随后。

在长上坡路段骑行，单纯依靠体力是最愚昧的，得配合骑行技术、经验、身体的合理运用、挡位变换控制、瞬时的路线判断等等。这无形中开拓了我们对事物的思维方式。那两个一路在计划着放弃的宁波学生，其实是他们的骑行坏习气所致。固执地懒得变换挡位或坚守旧有习惯，踩踏的频率总是高于我们，迫使腿部付出更多的紧张运动。

当这样的坏习惯持续三天，不累垮身心才怪。因此，骑行除了需要坚韧的心理意志外，还必须具备良好的外在技巧运用，是一场心理与外在智慧的双重修行。

其实我也总会生出放弃的潜意识。

最后我还是一个人慢慢地往前挪动。遇到最陡峭的路段，只能下车推着自行车前进。阿 lee有时会在某个艰难的上坡点等我一段，甚至说让我将行李放在他车子上，或者他帮我推车。我能看出他说话时的真诚。这是难得的人与人之间的一种无私，也是他们给予我的最大鼓励，所以我必须依靠自己的力量坚持走完。

于是我就不断地在介于骑一段又将自行车推一段之间埋头前行。

长久地不说话，目光只注视着前轮的滚动，尽量让自己的心处于凝固状态，不过多地重视痛苦。当一些情绪生起的时候，我也会追问自己：这样纯粹耗费体力的上坡骑行到底有什么意义？甚至汗水都埋没了眼睛，不断地心生怀疑，这场类似于肉体自囚的所谓环保运动，真的能促使人向内探索吗？

我不知道答案，只是往前走，后退同样要耗费掉自己。或许，勇敢地去感知世界赋予我们的一切，包括苦难，才正是全部的行走和活着本身。

暗藏在心底很深的秘密

心脏是一座有两间卧室的房子，一间住着痛苦，另一间住着欢乐，人不能笑得太响。否则笑声会吵醒隔壁房间的痛苦。

——卡夫卡

>>>回不去的感伤

在我将头埋向地下，专注于盯着自行车前轮在陡峭的上坡路段滚动时，思维跳到了我此生拥有第一辆自行车时的画面。同样是在上坡上推动，而少年时，即使在没有公路的山林中推行，心里也充满着喜悦和期待。

时光要回到很久以前，应该是我十一二岁。

当时我那贫穷封闭的家乡还没有公路，不通水电。一辆自行车和一台用干电池播放的双卡录音机是富人家的象征品，也是新婚夫妇们的安家标准。每次去镇上上学，看着那些会骑自行车的同学，无比艳羡，同时孕育的还有一份妒忌心。

所以，渴望拥有一辆自行车是一直暗藏在心底很深的秘密。

特别是看到和我一起长大的邻居小伙伴也会骑自行车时，心里那种欲望越来越强烈。当然，父母不可能有钱给我买，我也从来没有滋生这个奢望。只能不断地厚着脸皮往小伙伴家跑，然后借他的自行车一起学着骑。

记得那是一辆最老式的永久牌自行车，不知道他家是从哪弄回来的，已经破旧得到处生满锈，一推上路就吱吱嘎嘎响个不停，像随时要散架似的。每骑一次，我们都要先用各种钉子锤子修理一番，再用绳子牢固着整个车身才行。

那时正逢暑假，我每天帮父母干农活时的唯一期待，就是趁天黑前跑到他家旁边一段斜坡泥巴路上学骑车。哪怕摔得鼻青脸肿，屁股上磨出大大的茧也从不声张，身体里充斥着的那股对事物的拥有欲流，远远超过了疼痛本身。

我就在那条泥巴小路上学会了骑自行车。但我却没有自己的自行车，即使是破旧的。

直到有一天，在邻居小伙伴的怂恿下，决定去姑妈家“借”。姑妈家住在清江河边，与我们所处的山顶相距一二十公里。但一想到能拥有自己的自行车，我几乎是一口气跑到了他们家，甚至都来不及告知父母。

可是，真到了他们家，我却什么话也不敢说，满腹心事地木讷着。

姑妈家有三个儿子，他们从小就没上什么学，冒着高度的生命危险在一家煤矿打工，经济上相对富裕。我的小叔也曾在这家煤矿打工，年纪轻轻就因为一次瓦斯爆炸事故而离开了人世，留下一个出生才两个月的孩子。

姑妈家大儿子结婚时，购买了那辆自行车。

同样苦于没有公路到家，他们只能将车扛回来，轮流在小小的稻场上骑着转圈子。那时，我还乐此不疲地要坐在后座上，让他们轮流载我。

>>>认同并习惯生活中的变故

直到第二天要离开时，我才终于说出了那几个一直到现在想起都还能脸红的字。后来表哥还是勉强答应了，他将自行车从房间里推出来送给了我。

他也知道，这样的“借”是不太可能再还了。于是，我推着那辆自行车蹒跚地走了接近20公里的山间小路回家，并且全是陡峭的上坡。一路坎坷，穿过树林、草丛、石间，有时要从悬崖边的沟壑或瀑布里钻过。

但当时那种拥有后的兴奋劲让我忘掉了身体上的艰难。

正是那辆破旧的自行车，承载着一个又一个年轻人的最初梦想。后来，堂弟、表弟、邻家小男孩们都是在那辆自行车上开启了属于他们的初次骑行人生。如果没有那辆车，也许至今，他们都还不会骑车。以至于多年以后的青春期，我一个人躲在电影院里，看着《十七岁的单车》那部电影时泪流满面。因为我们有着相同的底层成长情结，有着城市人永远无法知晓的隐形渴望和对拥有的珍视。

当初怂恿我去借车的儿时小伙伴，他早早辍学，19岁时曾因多次偷盗抢劫被劳教。出来后散乱到全国打隧道求生存，后来因为一场爱情的打击，导致心理脆弱的他喝农药轻生。

其实所有的伤害，来自于对内在情绪的漠视和积压，最后将自己逼到一个残酷的局面。

他的坟墓就在我们当年学骑车的那条泥巴路边。

如今那里变成了一条村级公路，我每次回老家经过时，都会将车停在那里，然后给他烧一刀纸，在坟头给他点上一支烟。时常也会在梦里见到他，以及当年一起骑车的那些场景。

我不敢想象，如果当年自己不选择去陌生城市读书，不在十六岁时离开那个小山村，我的未来会是什么样子。

这同样是一个暗藏很深而永远无法解开的秘密。

32

唯一的限制，只是你的想象力

心 灵 与 自 然 相 结 合 才 能 产 生 智 慧， 才 能 产 生 想 象 力 。

—— 梭罗

>>>见心，见行，见未来

很多人自我酝酿一场苦行，尝试先战胜自己，欲用自行车来探索世界。

我也一样，不知道在疲累痛苦中前行了多久，接连不断的上坡让人窒息，仿佛看不到希望。快到山顶时，在一块用巨大石头做成的路标前，遇到一个50多岁的骑行者，来自金华318车队。他不厌其烦地大声纠正着我的骑行姿势，让我将座位调高，然后踩脚踏板时要用脚尖。

爬行的最后时刻，我感觉身体像虚脱了一般，摇摇晃晃。似乎是自行车将我拉了上去，而不是我在骑着自行车。当终于到达山顶关口时，紧绷着的意志力一下子松塌了下来。

直接扔下车，让它随意倒去吧。

失去车子的支撑，腰再也撑不直了，双腿麻木着不想再挪动半步，一屁股瘫坐在地上大声喘息。这时我才开始意识到，赶路也是骑行很重要的一部分。在享受每一个当下和自然风光的同时，也必须探知到自己的心理和身体极限。不让自己随意而为，不轻言放弃，不花气力把心与客体分开，只高度专注于某一点，对心理耐性的磨砺和隐忍是一次很好的练习。

通过它，可以更加认知到自己的心性到底有多大。

心撑大，世界自然就大。司马懿曾在教导习武的儿子时说："为人者，有大度者成大器也。"即作为人，胸怀宽广的人往往会成为天地良才。能忍辱负重、心能撑船、宽容乐观看待挫折和失败，这才是成功的必然品质。

山顶叫昱岭关。依山势用块石砌筑的皖浙两省交界关卡，已寻摸不到它历史的沧桑。关口延伸出去的两条绿色山脉，与蔚蓝的天空融洽地连成一片，将人的身心瞬间拉回绿色大自然本身。

人身处其中，显得渺小而卑微。

山顶慢慢聚集了很多骑行者，他们都是如此珍视被自己征服过的公路和高山。每个人都贪婪地坐在山顶放空自己，迟迟不愿离去，敬畏地看着天空。忘掉时间，忘掉还需前行的路。或许，当我们学会用脚一步一步地踩过去时，对世界的认识会不一样。那是坐在汽车上和写字楼里永远也不能体会到的一种珍视。

这一切只有自己亲自去体验。如同我们活着本身，吃饭、呼吸、死亡等都必须自己参与，任何人无法代替。

当我也站在山顶最高处俯瞰着走过的路途时，脑海中想起电影《车轮不息》里的台词：

“站在群山之顶，你可以有360度的路线选择，唯一的限制，只是你的想象力。我们总是用自行车来探索世界，一切都始于车轮上。”

山顶的这一边，是我们曾亲历过的汗水和苦难；山顶的另一边，是美到极致的自然风景，和未达的预知。只有付出达到一定极限，才可能触及我们梦想的结果。

一切都始于车轮上。是的，我们都在试图去探索大地、探索自己。最先在公路上，然后是森林里，最后是天地间。见心，见行，见未来。

回想着那些自由山地车手在新疆戈壁、在阿根廷、在尼泊尔秘境等让人敬畏的地方奔腾着，挑战自己的极限和大自然，挥洒热血生命与青春激情。我们心底那颗用脚丈量世界的心，怎能不被击醒？

>>>源源不断的后来者

也许正是这些初发心带领很多人上路。尽管走得还并不远，但心早已飘出地理范畴。

关口的人群越聚越多，有了二三十个骑行者。彼此都不认识，大家来自不同的方向，也去往不同的目的地。大家会站在山顶对后来者大声欢呼和鼓励，会相互拍照并问候，会为任何一个坚持到山顶的骑友感到愉悦。每一个陌生人在那一瞬间变得不再陌生，像是久违的一群老友相约着来此聚会。

公路上还源源不断地有一些后来者。

其中两个年轻女孩在坚持骑到山顶后，立马趴在公路边呕吐不止。看到此景，我瞬间有一丝莫名的心疼和感动。不过骑行，就是要尝试面对各种困难，以及面对突发困难时的心智调整。

又过了很久，发现那两个一直喊着要放弃的宁波学生也跟了上来，正在向山顶靠近。我依然发自内心地为他们的坚持精神而高兴，并站在最高处远远地向他们挥手鼓励。

在山顶停留了很久很久以后，所有的骑行者才慢慢分批散去。

昱岭关的另一面将是一段超长距离的下坡。因为上坡的反面必然是下坡，黑暗背后是光明，苦难过后是享乐，这是人生与自然的共同规律。

付出的所有汗水也许是为了背后这一面的刺激享受。

在大家散去之前，有经验的骑行者一直在提醒着，不要得意忘形而摔倒，并一遍又一遍地强调骑行常识，慎用前刹。我下意识地看了看伤口，它们已被我遗忘。

至此，我、两个宁波大学生、阿 lee，四个人又重新聚到了一起，继续着新的路程。

在路上时，他们是另一张面孔

我是孤独的，我是自由的，我就是自己的帝王。

——康德

>>>灵魂随时出窍

单车出游，并不需要太多的理由。仅仅是对大地的心诚，通过苦行在路上探知一场关于生命的直视，跳出往日的常规来追问自己，寻求无我之境。

自行车在那段长下坡路段以极限的速度飞奔着。我保持着高度的警醒状态，头脑中不敢生出任何杂念，生怕摔跤。摘掉耳机，头发随风飞舞。每个人酷得像颗流星，从一片绿色丛林中一划而过。

到达半山腰时，我们忍不住又停下来，对着山脉和连接山脉之间的桥梁一阵狂拍。桥下是我们正在走的公路，惊险、弯急、陡峭。不过路面空空荡荡，无其他车辆干扰，是无比宁静的一段路途。我们甚至都不忍心去破坏大自然的寂静和野生动物们的安乐，一路都没有人唱歌。

山中有一条溪流湍湍而下，沿着公路一直延伸到山脚。我们几个脱掉鞋子，像孩子似的跑到溪中去戏水。

然后躺在溪边的石头上晒太阳。仿佛对继续前进失去了欲望，愿意将身体和灵魂都丢在山里。

如果不是身体感到饥饿，我们不会那么快离开溪流和山林。

但万事万物总归是需要向前的，因此我们骑到了安徽境内的竹铺乡，准备在这吃顿饭。对于这个偏远的小镇，我一无所知。

街上的人们都在剥着山核桃和做茶叶。茶叶叫顶谷大方茶。外观扁平，叶片略大，颜色鲜绿。相传，早在宋、元年间，老竹岭山上有座古庙，住着一个叫大方的和尚，他为了招待烧香拜佛的客人，自种自制茶叶供来人饮用，大方茶就以此而得名。

竹铺街上没几家餐馆，我们挨家挨户地问了过去。但那些本该淳朴的店主，一看我们都是外地游客，立马变了一张脸似的喊出一个超出我们预想的菜价，甚至高过上海、杭州等城市的高端餐馆。于是默默放弃了在竹铺吃饭的打算，决定奔赴下一站。

群体行进时，我总是怀念一个人独行的状态。

那样我可以任意到一个地方，就盘踞在路边的石头上，拿出纸片记录一些东西。也可以任意在一座桥下发呆、静坐或溪边听音乐。

有时，我不喜欢说话，也不喜欢听别人说话。时常热爱幻想，介于沉寂和疯狂之间。

我想将自己像放风筝一样，随时可以出窍飞向天空，又随时可以收回到身体里安住。但，我始终没有找到那根可以控制它的线。

从竹铺乡出发以后，我的思维就一直心猿意马，飘于公路之外。双腿麻木地踩着，路过一个又一个村落，观照一切心境升起的状态，无论是平静还是焦躁，空虚或者琐碎的烦恼。阿 lee带着两个宁波学生骑在前面，我始终掉在离他们几百米的地方，保持着这份刻意的独立。道路情况也变得恶劣起来，到处在翻修，尘土飞扬。

在一个僻静处，我拿出背包里最后一捆经幡，挂在了一棵树上。然后顺着风吹动经幡的方向，逃出那片颠簸之地。

>>>不同路途的收获

然后一路到达了三阳乡。狭窄的街道上挤满了人、狗、三轮车、箩筐和麻袋。我们不可能真正地活在唯心之中，所以无法忽略掉这些现实之物，以到达所想之境。

但在这里，无论如何我们必须给身体补充一些能量。

依然是从东往西沿街道一家不落地搜寻了过去，仅有的几家餐馆被我们找了个遍。终于选定了一家感觉还算靠谱的坐下，点了一些食物和饮料，阿 lee还跑去买了一堆熟食。四个人坐在简陋的餐馆里，狼吞虎咽般地吃完了。

待身体里的饥饿感消失后，那两个宁波学生又生起了放弃的念头，探讨着搭顺风车的可能性。如果骑行途中，不能忍受任何困难和挫折，那在生活中同样只能是个懦弱的人。一直给自己传输放弃的心理暗示，心怎能坚持?

大多数人的失败，只是不愿意再多忍耐一下，在达到目的前，自己先输给了自己。所以，我必须在任何时候都试图去战胜自己的懒惰心。

从餐馆出来后，他们见空货车就试图去拦一下，一直没有成功，只能硬着头皮跟着我和阿 lee继续朝前走，向歙县的方向。

三阳乡的街道尽头，有一个三岔路口。右手边是正规路线，翻新过的省道路面平整，所有人会选择沿这条路走；左手边是狭窄而颠簸的一条沙石小道，顺着溪流曲折蜿蜒而下，几乎没什么人能注意到它的存在，甚至狭窄到连三轮车都无法通过，也极少有人愿意去尝试。对我来说，随大众走过的路，虽然很安全，但没有新鲜感。

我们不喜欢走寻常路，毅然选择了冒险。

圣严法师也曾说过：“当大家都在盲目争夺之时，你最好选择另外一条路走。”

因为道路上很拥挤，人群里也很嘈杂，在群体中很容易失去独立主见。而生活中的成功者往往属于热衷于独木桥并远离群体意识的人。

骑行也是如此。当大家都挤在同一条路上，感觉更像一场公路表演赛，而非对大自然的个体亲近和孤独体验。如果真的能够懂得享受孤独，那是难得的一种能力。

走着走着，我们开始庆幸自己选择了那条乡间小路。它有着非常安静的环境和山谷外貌。一路穿过乡村、小溪、私人花园、田间稻场、静谧的坟场……在蔚蓝的天空和半山间飘着几个白色的村庄，一座座绿山又将其包围，如此安详。

有着油画的质感。

村庄与道路保持着一定的距离，让人产生一种可望而不可即的神秘感，仿佛在召唤着人们的出尘或归隐。到处留有典型的徽派建筑与现代文化相碰撞后的痕迹。山坡上的羊群偶尔会跑到溪流中喝水，与人保持特有的亲近关系。

我们就这样游走着，像是回到了童年，充满无忧与喜悦。那两个宁波学生的脸上也有了笑容，甚至大家都开始高歌了起来。声音划破了村庄的宁静，引得一阵阵的狗叫声。

但，我们真的找到了通往快乐的蹊径吗？

没有余力之时，专注一个方向

没有一定的目标，智慧就会丧失；哪儿都是目标，那儿就没有目标。

—— 蒙田

>>>我们的自然之道

凭时间上的预估，在偏僻的乡间小道上大约行走了15公里，又与省道会合。在充满美景的路上，我们时常会忘掉时间。

一到省道，过往的长途大货车开始增多，公路上变得异常吵闹。沿途也没有什么特别吸引人的风景，唯一的风景也许就是公路上成群成群的年轻骑行者。

我们只能再次专注于埋头赶路。

到达杞梓里小镇，我和阿lee再次将那两个宁波学生甩在了身后。后来，当我们骑累了在一条河岸边休息时，发现一辆大货车狂按着喇叭从我们身边驶过。车厢里放着两辆自行车，两个熟悉的身影坐在驾驶室里远远地向我们挥手。他们终于如愿放弃了，搭上了顺风车。这是他们一直在计划着的事。

人就是这样，当我们经历了前面小乡村的美景洗礼后，就再也懒得看这些路边的平凡。一颗复杂的心很难回归到简单。暂时关闭向外窥探的欲望，一路驶过霞坑镇、北岸，后又转入S215省道。最后到达了至今已有2200多年历史的徽州文化发祥地歙县。

它地处皖南山区，属于中亚热带与北亚热带过渡区。境内河溪纵横，森林茂密，生物多样。宋代活字印刷术的发明家毕昇就是歙县人。

据悉，歙字的另外一读法“Xi”，吸气，意指生命的起源，又指古山越人的发源地。古山越人说话被称为鸟语，并以金乌为图腾，在我国古文化中，金乌是太阳之神。因此，这让歙县在我心里多了一份美好的意象和隐深文化符号。

我开始喜欢上这个名字，如同我一直喜欢仰光这个城市名。

关于灰白的那些建筑群落已经无须我再去多说。我们的初步计划是在歙县过夜，结束这一天的行程。

住个舒服的私家旅店，吃顿丰盛的徽菜大餐，然后再找个从窗口望去满是水田的古朴茶馆，放几首奥地利森林民谣……过灵修般的生活，宁静地沉睡一晚，让劳累了两天的身体复活。

可后来，我们还是放弃了这个想法，只在一个水果摊前买了个昂贵的西瓜。因为到歙县时天色还早，加之两宁波学生搭了段顺风车后体力恢复，完全有力气和时间再赶往下一站。另外顾及到学生的经济能力和穷游心理，所以没做过多的停留，大家一致决定再继续向前走。

穿过徽州古城，拍照留念。当我们集体身着骑行服从街头走过时，人们纷纷投来异样的目光。一个小女孩甚至还跑来跟我合影。

然后继续走了，继续我们的自然之道。路过了很多的水，穿过了很多的桥，看到了很多的灰白建筑，拍了很多的相片。一直到天黑暗了下来，还没停止。

>>>激发出强大的能量

天黑前，我不知道从哪来的力量，将他们三个甩下，独自一人疯狂地朝前骑去。

就在这种以最大的极限速度疯狂前进的过程中，我发现，一旦自己对某件事情变得专注起来，那种力量和潜能会变得无穷大。哪怕自己一直认为早已耗尽的东西，依然会有惊奇的余力。

直到天黑得我什么也看不见，才迫使我停下，躺在公路边休息，等待他们三个人赶上我。然后一起就着过路的汽车灯光，饥饿着身体，在黑夜中花了很大的力气才终于到达屯溪。

我们必须停下来结束这一天，再也没有力气走了。

屯溪是黄山市市政府所在地，也是大部分外地游客去黄山景区的必经之地。由于我们正好赶上黄金旅游季节，几乎所有酒店都爆满。沿街找了将近两个小时，无法找到一个安身的住处。偶尔在火车站附近一些小巷子找到有空位的私人旅馆，可那简陋得用布隔起来的房间和七星级的报价瞬间惊呆了我们。

阿 lee他们一边抱怨着屯溪的消费，一边用手机搜索各种备选。

后来我们决定先去吃饭，身体快饿坏了。于是在一条美食街找了家川餐馆，大吃了一顿。饭后两个宁波学生决定不住旅馆了，找空旷地方搭帐篷过夜。我和阿 lee还得接着去找酒店住宿。深夜里差不多跑遍了屯溪每条街道，在我们即将彻底绝望时，碰到一个中年妇女说她有栋私人别墅有房间。无奈之下，也就选择了听信她。于是又满怀希望地推着自行车，跟着带路的她一路穿过各种黑暗小巷，到达了她所谓的私人别墅。

到现场一看，无法言语地失望。“别墅”在一个偏远的小村子里，根本就不是一个能住宿的房间。

我本来就是农村出身，一直对这些底层的生意人充满包容态度，不会过于苛求奢华条件。因为我的祖辈、我的父母都是淳朴而贫穷的乡下人。但那一刻，我还是不忍心地违背了她的热情。

这时，她突然变脸了，一边试图将我们锁在院落里，一边急忙打电话找帮手来试图强行将我们扣留在那，并开始张口索要带路费。我幌然醒悟，原来这个“别墅”只不过是他们用来绑架游客索财的一个道具。

我们迅速推出自行车冲开院落大门，往黑夜里逃跑了。

我和阿 lee对屯溪产生了一种极端抵触情绪，这种情绪促使我们在早已无体力的情况下，晚上12点从屯溪一鼓作气地摸黑骑行了两个小时到达安徽休宁。

一路彼此都不说话。因为心里都有情绪，也因为心里专注。

我偶尔通过他自行车后座闪烁着的一个小红灯感受到他的存在，知道暗夜里还有一个人与自己同行。到休宁时，接近凌晨两点。整个人都快瘫痪了。脸上轻轻一摸就能掉下大把白色小颗粒，似乎身体里所有的盐分都随汗液流失了。

又是一轮挨门逐户找旅馆的经历，终于在一大片私宅构成的巷子里找到一家客栈。

身处黑暗中，也熟悉阳光

我投射自己的影子在我的路上，因为我有一盏还没有燃起来的明灯。

——泰戈尔

>>>去游历自己的身心

次日躺在休宁旅馆的床上，接近11点才懒散地醒来。这里离西递、宏村已经非常近了，三四十公里。所以我们不那么紧张赶路，心理上彻底放松了下来。

退房出旅馆，然后在附近街上吃东西。临桌一个女自驾客主动和我们攀谈了起来，并一再劝阻我们不要去爬黄山，说人多得挤都挤不动。其实，我们也没有任何兴趣。

自此以后，就再也没有见过那两个还在屯溪搭帐篷的宁波学生。关于他们后面的一切，我已不再关心，甚至连彼此的名字都还不知道。

旅行就是这样，在我们前行的过程中，总会不断地有人与你同行，又不断地有人离开。有人同行的路程长，有人同行的路程短，没有定数。

沿休宁北上，正午的阳光直直地浴在身上，皮肤有些刺痛。

路过几个铁路口，我果断地扔下自行车跑了上去，无休止地蹲在那里拍铁轨和火车。我是一个很迷恋铁路的人，同时喜欢听脚踩在那些碎石上的声音。

从休宁县城大概走了15公里，到达了齐云山。齐云山为著名道教名山之一，以山奇、水秀、石怪、洞幽著称。在齐云山脚下，我们看到一对因自行车爆胎而只能推行的父女。阿 lee主动跑去帮他们修车，并欲拿出自己的备胎送给他们。我不知道此刻阿 lee是对那个年轻女孩心动，还是纯粹因为热情友善。

路过齐云山，我们在当地百姓的指引下，选择了一条通往西递的捷径公路。那条捷径是一条破烂不堪的乡村公路，坑洼不平，沙石成堆，并且沿路都在整修。推土机、大挂车、铲车等弄得浓灰扑面，在强烈的太阳光和汗水交织下，瞬时脸上积聚着一片片黑斑。很多时候根本没办法骑行，只能一路推着甚至扛着自行车往前走。

自行车和人一样，它偶尔也有情绪。

阿 lee的车在这路上没走出多远时，就被颠坏了。然后停在公路边拿着各种工具修车。中途若干次，我的耐心超过了我的忍耐，与自行车赌气，想扔下它一走了之，或是埋怨自己怎么选择了这样一条烂路。这是三天骑行以来我从来没有过的烦躁心情，心里的所有堵塞和冲突被集中爆发了。

或许，世界上并没有真正意义上的捷径可走。在距离上偷懒，意味着在其他方面会有更多的付出。

整整两个多小时，我们才逃出那条烂路。

烂路尽头，突然出现一个安详的村庄和一段极其清新的公路。路面上那白色的分界线，像是用水洗过一般的洁净。我们选择了在这条清新公路上发呆、晒太阳。用手机外置音响大声放着《大悲咒》。那里山美，水净，天蓝，车少，寂静。

隐藏在远处的村庄炊烟袅袅，环山临水而居，像白云深处的禅家。公路两边是如画一般的农田和古朴的建筑。置身其中，瞬间抛掉了所有的罪恶和肮脏念头，立地成佛般地回到最初的纯净。

大自然永远只接纳一个懂得欣赏它的人，整个下午我们就在那条公路上消遣过去了。直到太阳快落山时，才恋恋不舍地收拾起行囊继续行走。

然后到达了西递。

那里太热闹了，对于逛景区，我似乎从来就不太感兴趣。我想要的，却恰恰是远离热闹，抑或只是静坐在大门口看看池塘里的荷花，或旁观下各种行人。

西递的人群中同样有很多骑行者，目光对视中，已了解了对方大半个世界。因为一个旅者，他的世界就随时带在他的身上。我们都不是追逐景区的游客，我们追逐的，是去游历自己的身心，公路也许才是我们该回归的根本。

>>>继续在公路上点燃心灯

在公路上，当我们独自面对自行车时，可以更专注地去聆听自己的呼吸和心跳，了解自己的习性，调节内心的焦躁。那时，我们只是世界的旁观或过路者，听不进其他的声音，也不用为任何面子而活。

没在西递花太多的时间，接近黄昏时我们到达了黟县，离宏村似乎还有很远的距离。

此时我们必须抓紧时间赶路了，要不然在这样僻静又没有路灯的公路上夜骑将是一件非常困难的事。而且此前我们已经尝到了夜骑的苦头。

路过一座白色的小桥，站在桥上远看南屏村仿佛是用山体筑成的一座围城。人们被圈在围城里，乐观的人觉得像寄生于与世隔绝的天堂；悲观的人认为像井底之蛙，有永远也逃不出去的窒息感。正在我们对众多山峦好奇之时，一个从县城摆完摊的农妇路过，热情地给我们指路。我看到她拖着的板车里是没卖完的甘蔗，于是决定将它们全部买下，以便让她收获圆满的一天。

很快，我因为甘蔗吃不完而烦恼。

带着，觉得重；丢掉，又觉得太浪费。似乎正如沃伦·巴菲特说的那样：“人性中，总有些喜欢把简单的事情复杂化的偏执因子。”

走吧，天色已暗，路面上只有彩霞的余晖和汽车远去后的尾灯。我背起背包，装起相机，决定一鼓作气骑到宏村，彻底完成这段苦行。

由于从休宁出发时过于自信，以为40公里是件太简单完成的事，所以沿途怠慢，以至于到南屏村时就彻底看不见了。路面一片漆黑，森林密布，自行车上也没有夜行灯。

阿 lee骑在我的前面，车前加装的一个小警示灯闪烁着。他说：“你就跟着我的影子走。”

事实上，我什么也看不见。

唯一能做的，就是让自己彻底冷静下来，凭借自行车前轮接触地面的声音和经验来摸索着盲骑。那一刻，自己好像成了真正的盲人，只在心里给自己安了一盏灯，依靠潜意识的心路指示，然后再凭着感知顺着这条心路而行。一旦公路遇上弯道，我就常常因为太过于依赖某种已熟谙的经验而摔倒在路边。

最后，我们花了两三个小时才完成这短短十公里的路程。原本以为最简单的东西，却成了最漫长的征服。夜晚九点多，终于到达了宏村。此次骑行已结束，但我还需要继续在公路上点燃心灯，让它将我从无尽的黑暗中拉出来。

能让自己平息的，永远是觉醒

一个不曾用自己的脚在路上踩下脚印的人，不会找到一条真正属于自己的路。

——周国平

>>>你的心变了吗

宏村，古取宏广发达之意。在皖南众多风格独特的徽派民居村落中，素有“中国画里的乡村”之称。

进宏村后，我和阿 lee选择了住不同的地方。离开骑行，我们的生活不再那么有同质性。

安顿好住宿，相约着一同去街上吃饭，深夜还同去了一家静吧。坐在吧台边，阿 lee又一次喝了很多酒，然后很认真地说，如果不是在昌化遇到我，他那时就已直接打道回府了。

其实我也一样。一开始出发时，并不知道会骑到宏村，只是想着往前走。

也许正是如此吧，在前进的路上，我们总是一边给自己找好退缩的潜在理由，又一边不断地给自己预设一些短小目标，以试探自己能否预期到达。一段段的短小目标诱使着自己不断向前，等我们回头时，才发现自己其实已经走了很远。如果我们一开始就给自己设立一个远大的目标，也许很多人会选择直接放弃。

所以，前行和成功，很多时候都是一个又一个短小目标的累积。

宏村的巷子像迷宫，每一条路都似曾相识，很容易让人迷失其中。

我决定暂时在宏村休整几天。在那几天时间里，我每天都在重复着昨天，又每天在寻找新鲜。不停地换旅馆，体验着不同的民宅，又似乎总在做着那么几件固定的事——吃饭、逛巷子、旁观人群、找旅馆、喝咖啡、走夜路。

直到某个午夜看到一个与我有相同状态的女孩，于是开始和她一样，在巷子深处静坐。当时她独自席地坐在一条很深、很黑暗的巷子里借着路灯阅读。昏黄的灯光照在她的头发和白色的书纸上，内敛地挡住半个脸，似在宣照着她的特立独行或清心自性。

周围寂静得能听到自己的呼吸声，一切像电影中的画面。

我从她的身边悄然走过，不忍惊扰她的这份宁静。尔后，我也干脆选择在另一条黑暗的巷子坐下，孤独地凝视着对面的墙和树的影子，深刻地感受着身处热闹而不被传染的疏离感。

清楚地记得，有一天清晨，我被旅馆窗外飘来的音乐声和阳光唤醒。

那是在宏村之外的一个村庄，旅馆大大的窗户正对着蓝天。旅馆主人放起了摇滚，从The Beatles放到了The Velvet Underground，又从Radiohead放到了窦唯。

就在那头天晚上，我还在宏村街头和一群陌生的乌克兰人用哑语、手语交流着足球。在吃晚饭的餐馆里，结识了《南方周末》一个女记者，她说中午吃饭时就坐在我们邻桌，没想到晚上又在餐馆碰见。细聊之下，发现她办公室的邻桌也是我曾在武汉时的兄弟。世界就是这么小。

无论我们逃到哪，其实都是同一片天空。

而在村中那家名字取得充满禅意的咖啡馆，还碰到两个中石油的女士。她们仅仅因为渴望一次爱情上的艳遇，就上路了，并且每年来一次。来了哪里也不去，就静静坐在咖啡馆等待、发呆、幻想。

结束宏村之行，我将自行车带到黟县，然后找了家快递托运打包。自己直接坐大巴返回了杭州。当大巴在高速公路上飞奔时，我透过窗户去观察被我们骑过的那条路，很多时候它都与高速平行。

我发现，那些路途、天空永远都没有变，还是原来的样子。而我的心呢?

>>>时间总在向前流动

关于人生的那些迷宫和道路，我们永远也走不完，只能不断地舍弃。

人回到了杭州，自行车还在路上。这一段的旅程结束了，但对于我的骑行人生来说，也许才刚刚开始。正是这样一次并不太长的骑行经历，开启了我人生的另一面生活视角。

我决定去选购一辆更好的山地车。

它能带我更接近动态着的生命，在绿色自然里绽放无量光明。虽然一直到今天，我也始终无法回答路途中那个问题："你们这样骑行有什么意义？"

我不知道。

正如《达摩流浪者》里说的："沿着这条路一直朝前走，在不远的地方就有一个路口，你可以向左转也可以朝前走，但是你不能停留。"也正如那些河水、溪流、时间总在向前流动一样。至于意义，没人知道。

不光河流不会停止，时光依然，人也都在苍老……

阿 lee本打算从宏村再骑行千岛湖返回的，但他放弃了，和我一起坐大巴到达了杭州。我请他在浙图附近吃完饭，然后约上一位女性朋友一起去曙光路某茶馆聊天。坐在茶馆角落，他突然变得很脆弱，情绪开始崩溃，向我们吐露心声地坦言着他的生活压力和作为一个男人所要承重的生活负担：他要养活无工作的老婆和家庭，要照顾已离婚的姐姐和侄子，要养活家乡已年迈的父母，还要在上海这座物欲横流的都市生存、供房贷车贷等……

每当这样的时刻，他总是一个很真诚，毫不隐藏自己的人。

这种真诚让那个女性朋友和他很快产生了一种微妙的相投感。然后，她就给他讲起自己在非洲的旅行灾难。被当地居民拿着枪支指在头上，抢走她身上所有的财产。但她依然乐观地回来，一贫如洗地重新面对一切。

她总是说："旅行中怎么可以没有故事？"

那天，他们一直相谈甚欢。她最后对阿 lee开玩笑说："你一直不知道，你这些天都和一个作家在一起。"

阿 lee说：“这不重要，我不关心他是谁，与我没有任何利益纠葛。我们只是纯粹的驴友。”我坦然一笑，这或许就是能让我们一路同行的原因吧。彼此陌生，不带任何现实身份的相识。因为我们都懂得，在路上，需要跳出现有的生活。不但是遇到的他人，就连我们自己，也都是一次重新认识。

在我记述这篇文字的时候，得知了一个让人悲痛的消息。

曾陪我同行了一段的那个舟山骑行者，在最近一次尼泊尔户外探险中，坠下悬崖，永久地失去了他年轻的生命。在迈向死亡的路途上，他也一个人身处异处，用身体践行着自身哲学。

他带着他的山地车一起离开了。

我还记得他的相貌、他的梦想，以及他那热情的笑容，甚至微信相册里还有他骑在山地车上的各种记录瞬间，以及耀眼的签名：生命就是一场归于宁息。

我瞬间想起了电影里的那些镜头、那些画面，生活怎么总在重复着电影?

我们不是真正的精神流浪者，还不能彻底放下世俗实相。阿 lee 回到了上海，再也没有联系。我知道，他又重新回归到他熟识的生活轨迹和城市欲念。也许，真的只有在路上和骑行中，我们抛弃掉各自现实中的面具和身份，才能彼此同行。但人终究要回到他们惯常的生活，所以，他从那段时光中彻底消失了。

我不知道在未来的某一段骑行中，我们是否还能偶然遇见。也不知道在他六十岁时，翻看那些相片是否真的会充满敬畏和感动。

艺术家朋友同样回到了杭州，那场爱情已变得明朗，最终一拍两散。他从那场追逐中抽身，各自开始了新的目标。

地球还如昨日一样运动。宁静的时间包容着世界的一切生命。

我依然习惯一个人上路，寻找独立、智慧和自由。在路上丢掉压抑自己的负担，让那颗疲惫不堪的心，掉落在身后，以让自己获得某种解放。活在时间之外，横跨过去、现在、未来，时刻与世间万物沟通。生命，就是一场归于宁息的修行。

公路延伸着一代又一代人的生活场所，车轮不息。而鲜活生命的轮回，也真的永无止境。我们对未来的恐惧，来源于自身的浅显认知。

能让自己平息的，永远是觉醒。

走在公路上时，有着宗教般的热情和向往。这，就是我的一条解脱之道，也是我继续前行的光亮。

PART THREE

大多数人
走在
易放弃
的路上

“当我独自默默地俯视树林的时候，我自己也变成了挺拔的树。当我心无所思，以空旷之心面对大自然的时候，我只会感到满足，而绝不会无聊。”

——法顶禅师

怀着一颗质朴纯真之心

做一个孤独的散步者。

——黑格尔

没有氧气，生命有何用?

我们活在一座叫物质的监狱里。自囚式的生活让我们终日游历在布满文明、秩序、科技与欲望的城市，或许很久都没有看到过蔚蓝的天空与大颗的星星，对自然的理解也来源于私家花园里那几株小草、几座用水泥堆砌而成的假山。

万物在时间之中延续，人类不能脱离大自然而生存。我，一个虔诚热爱山川大地的人，却已经很久没有早起去踏入森林、步入空气纯净地带了，沦为了一个彻底的懒惰者和躲在城市温室中的寄居者。

直到有一天，我发现所有的梦想都不是在床上完成的，并且没有一个成功者是习惯晚起的。比如李嘉诚，无论他头天忙到几点睡觉，次日总是清晨5：59起床；还有无数的禅修大师，一生都坚持凌晨四点前起床诵经；就连一只小小的生物体鸟儿，也知道早起才有虫子吃……

离开小小的被窝，逃进广阔的田园大地和最清新的氧气里，才是真正深藏温暖的大床。所以，我再也不想做一个躲在被窝里浪费生命的愚蠢者，被窝是青春的坟墓。甚至开始后悔起自己青春期的懒散，以至于接近而立，许多事情还飘浮不定。

从此，我的闹钟被固定调到了早上七点。而常常，在闹钟还未响起时，身体就先起来叫醒了闹钟。特别是夏天，经常六点不到就起床，在运河边听歌或冥想一小时。

然后沿着河边小道一路步行到出版社大楼。那是白天在城市中很难找到的清静时刻，也是一个循回自然律动的时刻。身体在这样的时刻伸张、紧缩、俯冲、观望。慢慢的，我发现，早起不但可以参与那闪耀的光芒从东方升起，还能让自己的头脑变得异常清晰明亮。

杭州的秋天总是那么让人舒爽，到处都是鲜花般的少女和漫游着的旅行者。

走在南山路和北山路这两条因梧桐树的茂密生长而自然搭建起的隧道公路上，人们不再需要所谓的文化背景、历史故事、信仰底蕴等意识形态上的灌溉洗脑，仅仅因为这里的山和水、树和落叶、人和阳光，就能轻易爱上这座城市。

也正是在这座山水田园的城市里，有一个被世人所熟知的淡水湖泊。而围绕着这个湖泊的周遭山脉，一时也成为众多城市青年或户外爱好者们踏青、栖息、探索的对象，那就是西湖群山。

西湖群山的山势起伏不大，大部分由海拔400米以内的山峰组成。北起老和山，南抵钱塘江，东至吴山，西麓延伸至大清谷外由环城高速分隔。众山峦层层环绕，呈倒U字形将整个西湖包围，与杭州主城区隔湖相望。

群山环抱中的湖水宁静而致远，上面漂浮着无数古老而久远的关于信仰的故事。西湖群山是整个西湖文化最重要的组成部分，拥有丰富的人文传承、独特的地理景观、影响深远的佛教信仰，以及介于精神和物质之间的茶道……

西湖群山，有无数条进山的环形路线，也有为中途放弃者布置的无数条撤退之路。一切量力而行。

刚好上海某户外网站举办了一次“西湖环山50KM”的徒步活动，当天从上海奔赴过来上百人的徒步队伍。他们跳出城市和物质文明，集体用这样的形式去亲近大自然，体味孤寂的山林，寻找氧气生活和简朴向往。

我虽然没有报名参加该网站的活动，但在其中一名热衷户外的上海驴友建议下，决定借鉴网站设计的路线，自组了一个8人小分队。

名义上我们是一起前行，但在实际徒步的过程中，却始终无法真正地同路，一直各自独行。除了都拥有同一个起点和相同的终点外，只能偶尔在某一个据点交错一下。这似乎印证着我们的人生轨迹——都是从生奔赴到死，至于中间的路，每个人千差万别，各有所姿。

那天，我像个禅修者一样做了次真正早起的人。凌晨4：30起床，背着简单的背包、干粮、单反相机，以及与听音乐相关的设备，准备向森林出发。

所有队友约好直接到古荡绿色广场集合，然后从老和山开始进山。其中那个上海驴友他们一行四人住在青芝坞的青年旅馆，直接步行到绿色广场。我先从家里开车到黄龙体育中心，去一家很隐蔽的“禾下陶社”和一个摄影师朋友会合。可是等我到达黄龙时，摄影师朋友还没起床。于是在我的催促下，她磨磨蹭蹭了将近一个小时才终于出门。我甚至从心底都做好了她会放弃的准备。

我猜想，除了出生，这也许是她人生中起床最早的一次了，平时她都是从大中午才开始新的一天。她说白天活动容易让人引起恐慌情绪。

我注意到她房间的窗户上贴着一个大大的“勤”字，每当我显得等不及时，就默默地看它一眼。不知何时起，我对女性的房间格外敏感，总试图从一些微小的细节去捕捉她们的性格、心理、私自情绪等。

到达绿色广场时，小小的广场上有很多装扮“专业”的、正待出发的徒步青年和拿着收音机在此晨练的老人。他们都很享受这样安静的清晨时间。思维记忆库里瞬间想起小时候在山林里自由穿梭的那些画面，不由对眼前这些拿着“拐杖”的年轻人抱以不屑的一笑。

走吧，上山，去清洗自己，去离天空最近的地方。

我们都难得逃开世俗欲念

在 喧 闹 、 混 杂 的 生 活 中 ， 你 应 该 与 你 的 心 灵 和 平 相 处 ， 尽 管 这 世 上 有 很 多 假 冒 和 欺 骗 ， 有 很 多 单 调 乏 味 的 工 作 ， 和 众 多 破 灭 的 梦 幻 ， 它 仍 然 是 一 个 美 好 的 世 界 。

—— 此文于1692年镌刻于 巴尔的摩圣保罗教堂

沿着僻静的林间小径，投入自己的身体与精神，怀着一颗质朴纯真之心，于氧气中回归自然怡得。我无法想象人们将烦恼带进森林，那是一片静默之地，是能将自己短暂放入空寂状态的场所，忘记物欲价值观和时间感。

我们进山的第一个地方叫老和山。它正处于西湖的反面，是所有山脉里延伸至最北的起点。登上山顶后，可远眺西溪湿地、黄龙体育中心和西湖一角，也可观看、触摸、嗅闻绿色的树，有别于城市马路的味道。

从古荡这条小路向上时，山势较陡，耗损体力。还没爬上几步，就感全身发热，汗液开始涌动。

走到半山腰，终于忍不住停下来脱掉外套。瞬间觉得出发时多穿的这些衣物成了一天的负担，而我还背着一个相机和一个双肩包，这哪像一个户外客？其实，我和大多数在城市生活的人一样，难得亲近森林，也难得逃开世俗欲念。

那个女摄影师朋友居然选择了轻松出行，出奇地没有带上被她视如生命的相机。

上山的过程中，不停地遇到从荒原下山的人，做着与我们相反方向的事。

从老和山再沿山脊线走，路较平坦，视野开阔，正好可以借机喘息一下，给身体来一次深呼吸，打通沉封的脉络。有时，我习惯于让别人先走，待休息足够后再疯狂地去追赶别人。或者自己独自先行。

总之，就是不喜欢挤在大众群体中。

随着进山时间越来越长，我们也慢慢走到了山林深处。这时，离城市很远，再也听不到车流声。保持静默。不过，我的电话铃声不断响起，传来的都是那些凡日里的烦恼。后来索性关掉了手机，也一并抛除那些琐事牵累。

希望这徒步的一整天时间里，只有树木、情绪、脚步声。

偶尔会在丛林深处呼喊一声，验证着自己的存在，也想与大山进行一次呼应。好玩的是，每次你在这边山头叫喊，山的另一头总会有人答应。我想，每个人其实都有一颗渴望回响的心。不管是对人，还是对自然，甚至是对动物。我们发出的每一个信号，都希望得到某种反馈。

因为没有人真正地甘于孤独。

往前走，一路几乎都是沿着山脊线，像一辆地铁一样，依次穿过秦亭山、将军山、美女山、美峰山等。再要进入略有山势起伏的一段山林，有些幽深，完全看不到城市，加之天气并不十分完美，感觉一直都在云雾中。

山的另一面是如同深渊一般的悬崖，人在山顶行走时，介于美好与恐惧的中间线。我们颤抖着双腿站在悬崖边合了一张影，画面就像狼牙山五战士。

幸好路况较好，标志清晰，没有岔道，我们只需沿着小道一心向前即可。

走着走着，身体也开始饿了。摄影师朋友在夸张地向同伴索要着食物。上海驴友打开背包，将所有食物和水摊在地上。我发现他是一个很有准备的人，水果、干粮、户外道具、简单的医药包等，一应俱全。相反，我是个极不喜欢负担的人，进山时水都没带一瓶。

他让大家帮他消磨掉各种食物，以减轻负担。

我有些不好意思地拿了几个桔子，想起小时候爷爷一直教导我们，即使路过他人的果园被果子撞到头上，也不可私自乱摘或轻易接受别人的施予。他说，这是一个人的德行。

看着手里那几个桔子，顿感分量重了起来。于是我一路忍受着口渴，也一路靠他的桔子在解渴。

一阵悠宁的钟声惊醒了我。我驻足聆听，它来自另一个山角，著名的佛教圣地灵隐寺。

沉入另一个寂静的空间，循着悠扬的钟声，我们很快就到达了杭州最著名的一座山峰——北高峰。北高峰很热闹，山头有太多的游客和迷法的信仰者。我们好不容易在山里静下来的心，一下子又被拉扯了出来。人，总是难以抵消外部环境的侵蚀。

山不在高，有灵则行，这也许是对北高峰最好的写照。

它海拔不过300米左右，山麓有无数禅师塔，充满灵性。站在山顶，不管是从心理还是视觉上，都有一种俯瞰全杭州或与一座城市对视的庄严感。

山和人都有巅峰与低谷

社 会 犹 如 一 条 船， 每 个 人 都 要 有 掌 舵 的 准 备。

——易卜生

继续走到了美人峰。我坐在一个亭子里休息，等待其他人到达。山顶雾蒙蒙的，不透亮，于是静坐着呼吸、沉默入迷。

旁边同时坐着的一对母子在争吵。年轻的母亲用霸道的语气命令儿子陪她原路返回到北高峰处，坐索道下山回家，放弃继续在山里前进，说她走不动了。儿子十来岁，非常坚定而固执地说要走完，不做一个中途放弃者。于是两人在那里争论了很长时间。一直到我离开时，还没争论出个结果。

再走到大同坞一带时，有一条很陡的林间小土路，直线下山。也可以说那并不叫路，而是人们固执地要从森林里逃出，于是强行溜出了一条路。大部分人走到这里时，都要蹲在地上慢慢往下梭行，只有我是一路小跑，依靠前面的树杆撑住身体的惯性，飞奔下去。

在这种陡峭的林间，我从小在山里长大的优势就体现出来了。看着我如同飞一般地从山上向山下蹦跨着，躲过树枝和沟壑，沿途的女孩子们不免惊叫。仿佛我成了森林界的博尔特！

快要到达山脚时，一棵树上有人用白色粉笔写着一行字："这儿以前盛放，曼珠沙华"。再往前走几步，就是一片茶园和一面黄色的寺院墙。不知这时是谁问了句，什么叫曼珠沙华?

路旁一陌生女孩子还真及时解答了。她说，曼珠沙华就是彼岸花的意思，是佛文化里的延伸语。

到达山脚后，很多人才体验到下山有时远比想象的困难，也比上山更耗费体力。并且大部分的意外摔跟头都发生在下山时。不只如此，当一个人站在高处，欲望随之攀升，心很难再退回到低处。

从山脚再沿着一条窄窄的水泥路往前，抵达永福寺，旁边是杭州佛学院。周边环境优美，空气清新，绿树成荫。离那不远的地方有一家杭州最贵的酒店，听说最差的房间也要四千多一晚。从外面看就如同小时候老家的一栋土房子，然后刻意营造着一种淳朴居家和回归乡村的感觉，来制造一种商机或概念卖点。

这不正是城市人所缺少的简单向往和隐逸感觉吗？也是他们遥不可及的梦想。所以他们愿意拿出大量金钱去换取。

路过佛学院旁边马路上一面大大的反光镜，我站在镜子前面，看到镜中的自己并不真实。这让我想起某位禅师说过的，不要轻易相信自己的眼睛，也不要以为镜子反馈的就是真实的自己。人类的眼睛频率有限，镜子偶尔会沾染灰尘，更何况不同的角度看过去的景象完全不同。

唯一不变的就是，万物都是由心境而生。

走过佛学院，又出现上坡。

因此，这一段路一直都是山顶、山脚之间变换。仔细想想我们的一生，不也是在巅峰、低谷之间来回交错吗？没有人能永远站在山顶，也没有人永远被压在山脚。正所谓风水轮流转，只是我们常常悟透不了时间对我们的捉弄。

中途穿过一个寺院，中印庵。中印庵非常安静，门虚掩着，看不到僧人，也看不到游客。我们都轻身细语地沿着寺院外那道黄黄的院墙走过，生怕惊扰了这份安详。

那面干净的寺院墙上，却被刻意地涂上了几首禅诗。

我驻足，试图将那些诗句背下来，不料一阵小雨催促着我前进。走到上天竺时我们走错了方向，迷失了上山的路，习惯性地沿马路下来了。其实是应该从另一个方向继续上山，再翻越到茶叶博物馆。

加之当时雨越下越大，我们只能顺着马路继续走。这时路遇了四个同样徒步迷路的女孩子，看我们三个人（此时集结在一起的只三个人，一路总有人走散）光着头在雨中任身体淋着，她们善意地要和我们组合成两人一对，合撑一把伞。

上学时，当我们错失了一件事后，发现有另一个人犯了同样的错误时，会有瞬间的庆幸和放松。因此，在我们与她们四人相遇时，也有类似的感受。

这种“同病相怜”让大家很快就打成了一片。一路在雨中从上天竺、中天竺、下天竺沿梅灵路走着。

路过一个叫“立马回头”的公车站，我有种预感，会不会走错路了？后来发现，果然又一次走错了方向。

同行的那个上海驴友暗指给我看其中一个女徒步者的脚。她脚有缺陷，是横着生长的，走路并不顺畅。但她没有任何掩饰，一路都很乐观地在跟我们说笑，而且明知脚有缺陷还坚持参加这种艰难的登山活动，不仅对她自己，对身边的人也是一种力量感染。

或许她的确没觉得自己有什么不正常，只是我们看待她的这颗心不正常。

音乐是力量，茶是禅

从我们心中夺走对美的爱，也就夺走了生活的全部魅力。

——卢梭

穿过一个长长的隧道，就到了龙井茶园。在茶叶博物馆门前，又重新聚齐了所有人。大家围坐在小溪边，彼此懒得过多地言语，偶尔捧把溪水洗清脸上的汗液。

时间早已走过了中午，无处吃饭，只能忍受着饥饿，靠意识战胜生理。恰在此时，一对西班牙情侣铺开帐篷，拿出他们背包里的面包热情地递给每一个人，但大家都不好意思接，只有一个游客的孩子拿走一片。

看着那对外国情侣准备就地安放着暂时的家，我们又上路了。从茶园对面的双峰公交站处上山，下一站，南高峰。

路上想保持内心的独立寂然是无效的。由于不断地有驴友偶尔跟我说几句话，所以我并不能塞着耳机沉溺于自己的世界，那样感觉对他人不太礼貌。但正如那个摄影师朋友喊的一样，没有音乐声就走不动了。

这时，我看到路途上一个陌生的男徒步客背着一个大大的音箱，用手机蓝牙在放歌。我决定跟随着他。

这样，我就一直在音乐声中，可以短暂忘掉疲累。

并不是所有的山都需要走到山顶。

由于我们惯常的习惯，大部分人只顾着上到山顶最高处，却忽略了半山腰一条正确的路。待走到山顶发现再也无路可走时，才明白上当了。于是吵闹并抱怨着返回，再到南高峰。

顾名思义，南高峰就是北高峰相对立的方向。它像个永恒的智者一样，保持着清醒的心智站立在远离人群的地方，默默注视着城市的发展。

整座山上有诸多名胜古迹和泉水洞穴，山顶有一片盆地状的茶园。我们从茶林穿过，视野独特，云雾缥缈，所有人忍不住像个孩子似的在那一片尖叫、拍照，并远观城市。远处有一些白色的村庄，被整片树林包围，隔开了它们与热闹之间的距离。淡淡的云雾飘浮在他们的屋顶，人们在那里诗意地栖居，种茶、栽花、听雨。

这总让我想起央视纪录片《远方的家》中的场景。后悔没将家里的一些经幡带上，要是经幡能挂在这座山上那该多好。风会让经幡上的经文洒满大地、洒向城市，然后用五彩缤纷的色彩，召唤着心累了的归家人。

真正让西湖群山富有灵性的并不仅是它的风景和山体本身，而是茶和佛文化。

因此，当我们在各个山峰间穿行时，遇到最多的就是寺院和茶园，这是一个城市的潜在信仰。我在音乐声中走过一片又一片茶园，又在音乐声中路过和离开。

整个山包上到处是茶树。这里每一片茶园产出的茶叶，都叫西湖龙井，闻名全世界。西湖龙井是一种绿茶，多种植于靠山近水，晴能受到充分日照、雨又易于排水的酸性丘陵坡地上。它除了依赖西湖地区独特的气候、雨水和土质外，更重要的是它与森林结合而成的一种自然生态磁场，导致茶有“四绝”：色绿、香郁、味甘、形美。

茶和佛教有很深的渊源，很多人将喝茶同样当做一场修行。

在喝茶的时候，我们能专注于自己，获得心灵上的宁静。看着杯中的那片树叶从枯萎到绽放，如同在向我们展示一个生命的轮回与无常，或是重现一束花朵的新生。

茶水入口，是一种用具象的东西形容不了的感知。然后人们在这种味道里沉思，观察自己，涤净心尘。它让人变得慢下来、静下来、沉下来，去想象土壤的味道，去渴求内心的皈依之处。

同样也去探索在整个自然生态中各种植物之间的相互依存与给予。比如，某一植物善于分泌水分子气体，另一类植物善于吸收水分，当它们处在同一个环境里时，整个生态会变得趋于平衡，这就是生态中的微妙依存关系。

然而，我们每个人处在社会中生存也是如此。要讲能量，要讲磁场。人与人、人与家庭、家庭与家庭，都有着很多微妙的相互关联。没有任何物体能够绝对独立地存在。

如今，茶文化概念已深植入人心。茶之道，即佛之道。

大多数人走在易放弃的路上

一片树林里分出两条路，而我选了人迹更少的一条，从此决定了我一生的道路。

——罗伯特·弗罗斯特

从南高峰下山，经过烟霞洞后，下面就是满觉陇路宽阔的马路。

这时，徒步的人群出现了两种分歧。大部分人选择放弃继续行走翁家山到九溪烟树段，直接从这马路去往满觉陇。

我也曾有片刻的犹豫，但还是决定坚持走下去。虽然沿途没有憧憬的风景，也不期待，但在身体失去知觉后，心灵的知觉往往才会真现。所以，此刻心理需求战胜了生理需求。

到达翁家山时，碰到两个骑行族，和他们亲切地聊了几句，然后一头扎进了山里。最艰难的路上对应着最漂亮的风景，这似乎是永恒不变的一个真理。从翁家山进茶园，这里可以俯瞰整个杭州城区、钱江新城、滨江、转塘之江大桥、六和塔等，整个层层叠叠的绿山尽头就是海市蜃楼，阔然的视觉感让人留恋着不想前进，就想那么安静地做一个静默的守护者。

以至于在此后的若干个有阳光的周末，我都独自跑到此地静坐。

从翁家山开始，徒步者中新加入了两个服装设计师朋友。其中一个自称是专门做户外品牌的，徒步、登山、户外活动是他经常做的事。可是，在他们真正进入山路之前，就选择了放弃，甚至狼狈地回头直接回家了。

这让我无语。

也许，人在有选择和退路的时候，总是不想倾尽全力地让自己去受苦，或体验苦。害怕付出，注意力不能持续放在某个目标上。

茶园走完，又是一条真正的山路。准确说，是一段根本没有路的森林，比前面大同坞那一段路更荒芜。人们就是从草丛或树林间随意地向山下摸索，路完全由自己开发，或凭着前人用树枝与布条留下的记号，一直到九溪烟树。

像极了我童年时帮父母在山上放羊时的感觉。而童年时在深山里遇到大蛇或各种野生动物是再正常不过的事，也从来没人会害怕，不生任何恐惧之心。那根植在我们从小的意识里。

到达九溪烟树后，又有一部分人选择了放弃。

徒步的人群随着路途的遥远而逐渐减少。早上出发时上百人的徒步队伍，在这里已见不到几个了。而我们自己队伍的八个人，此时也只余我和那个上海驴友。其他人是什么情况，一概未知。

坐在九溪烟树，听着急促的水声，我脑海中闪过的是那部关于生命的纪录片《生命列车》。

也许，当我们搭上人生这趟列车，走着走着，人们都在不同的站下车，最终只余下自己。自己在哪站下车，一样充满未知。

徒步也是，早上大家都朝气蓬勃，一心向前。可是随着时间的后移，大部分人已下车了，只剩下少数几个疲态的身体还在坚持着。我对那个上海驴友说：“要不我们在这里等下他们，也许他们就跟在后面。”

他回答很干脆：“不能停下来等。有人快，有人慢，是正常的。”

上海驴友说完那句话没多久，我也掉队了。

因为从九溪烟树上山那一段路太艰难了，我几乎是用最后的一丝力气到达了山顶。在山顶吃完最后一个桔子，吸干了我所储备的所有水分，然后坐在那里怎么也不想动。

眼看着天快暗了，身边偶然有其他徒步客经过。这时路遇的每个陌生人都变得更亲近更友好，相互会主动打声招呼问候，一点不像出发时彼此之间表现出的那份冷漠。徒步至此，已经无关风景和自然，纯粹是一种自身耐力的锻炼和心性的观照。

我在想，人们从早上的冷漠，到晚上的热情，这中间到底是什么改变了每个人？仅仅是时间吗？不。或是每个人在潜意识中感受到困境来临时的一种相互认同？又抑或是从他者身上发现的一种对“自我付出”的怜惜？

总之，大家身上的那层冷漠不见了。

思索中走过最后一个山顶——贵人阁。我深知不可能后退，此刻，只有前进才是最好的后退。

在贵人阁，已有好几个和我一样瘫坐在那里的人，都真的走不动了。同时也在储存着最后一点希望，坚持到下山。

一个陌生人递过来他已喝过的水瓶，里面还有半瓶水，我感激地接受。彼此都没有说过多的话。

让我惊奇的是，就在贵人阁，那位女摄影师朋友居然追赶上了我。原本以为她早放弃了，没想到她并不是一个习惯放弃的人，用她那小小的身躯和意志走完了这段路。

没多久天就彻底黑了，这反而让我们放下了负担。摸黑从贵人阁走下山，路途不算太遥远，但非常陡峭，又是从树林里自行寻找路。中间还要经过无数的坟墓。不过，心里的恐惧感早已被其他东西所取代。

远处微弱的城市灯光指给我们方向，晚上七点多我们走出了森林，跨过用一条红布带做成的终点标记。

当突然出现在满觉陇的马路上时，大脑多少还有些不太习惯城市的灯火辉煌。这是没有任何虚度的一天。只是，大部分人未等到抵达就选择了放弃。

植物知道岁月的答案

一个人若能自信地向他梦想的方向行进，努力经营他所想望的生活，他是可以获得通常还意想不到的成功的。

——梭罗

物质世界并不能抵消人们对自然的依赖。满满的一天徒步就在饥饿和疲惫中结束，总共在山里13个多小时，我参与了每一秒钟。第一次如此正视时间。

带着远离喧闹的决心，我们从路途、溪谷、大山、自然、植物、同行者身上吸取生命的经验，甚至赋予它们圣洁的想象。在远离城市的林间步行，同时走向的也是另一个更真实的自己，一路从繁华都市到凡简信仰。去亲近我们赖以生存的异类，伴着风声脚踩泥土，感受一种宁静的自然主义。岁月像一条无声的小溪流，在身后流逝、隐去。我们只是做了一次自己生命的观舞者。

一阵暴雨、一次狂风、一个轮回、一片树叶、一朵鲜花都能让我们反思鲜活与凋零，何况我们正在走着的、未知终点的漫漫人生？

腐烂后的树叶和鲜花还能被其他植物吸收，无形中助长着新生。但当人的躯体埋进坟墓后呢？

每个人都有一条特属于自己的人生之路。坦途与沟壑，苦与乐，得与失，都是这条路上的驿站，并且一路冷暖自知，无人可替代。

至于选择什么样的方式去度过这些驿站，那得看是什么阶段的人。

童年时，我们看到一条沟壑，会害怕，然后躲藏在父母的背上，依赖着他们让自己毫无惊险地渡过。

少年时，翅膀硬了，于是不管沟壑宽窄，都试图去一跳，有人侥幸地过去了，有人掉落进沟壑摔伤；后来，他们都变成了青年，那些曾侥幸跳过的人开始傲慢自满，路过每一条沟壑都心存侥幸，直到摔倒在另一条更大的河里。而那个第一次就摔伤的人，开始变得小心翼翼、担惊受怕，并带着莫名的恐惧和谨慎前行。

中年后，他们都不再那么冲动着急于过河，耐心地在岸边观察水势或是花时间借来一条小船和梯子，将沟壑变成坦途。

老年，沟壑成了他们的风景，隔三岔五去转转，碰到年轻人偶尔会善意地提醒，但大部分年轻人会倔强地奔回那个轮回里……

其实，从出生开始，我们就在这条路上默默前行，匆忙路过每一个驿站，并独自去面对。

对于大多数人来说，随着所走路途的遥远和碰壁次数的增加，自身智慧也在悄然增长。不知不觉中，开始懂得停下来，抛弃固有的偏执任性与自我，远离熟知的旧有习惯，观察一下自己或倾听世界。

自从那一次徒步经历以后，我才发现，所谓的路线选择并不重要。我们可以随意地选择任何一种方式进入大山。只要对自己，或对开路的前行者，有一种神圣的信任。也可以独自去开发另一条全新的道路，去从未被人类侵扰过的纯净之地。

因为我们走的根本就不是山，而是自己的脚步和岁月。

与其以蚂蚁视角盲目累坏自己，倾尽所能爬过一个小土坡，以为到达了终点，却不知世界之宽广、宇宙之无限、心量之无界……终将累死在翻越一个又一个小土坡的路途中，留下一个枯干的躯体供后来者当垫脚石，不如真正地享受当下每一刻。看着太阳从背后升起，照着自己的影子就很快乐。

脱离时间的向前，日出与日落本来就是同一件事情，身处地球不同地方的感受差异罢了，我们观感到的日出是地球另一半的日落。因此，开始与结束并无本质区别。

后来，去西湖徒步群山成了我在杭州的日常休闲，也慢慢走通了各种路线和山峦。对大自然的爱好，折射的是对存在于宇宙间万事万物的一种珍视和热爱。

命运掌握在自己的手中。是将命运拉出开阔的田野，还是逼进黑暗的洞穴，都是自己的一念之心所为。此后，我还会更多地走进深山，走近自己。

奔向每一片能让自己开阔的地带。

路，没有起点，也不可能有结束。它是我们的脚，是我们的心量，是我们无穷尽的生命延伸。